KB067458

인생의 밤

나를 죽일 수 없는

고통이라면

인생의 밤

이인

지음

연암서가

지은이 이 인

삶을 사랑하는 사람.
100살 할머니와 살면서 지혜를 키우고자 정진한다.
그동안 『게으르게 읽는 제로베이스 철학』, 『나의 까칠한 백수 할머니』,
『고독을 건너는 방법』 등 10여 권의 책을 작업했다.

삶에 대한 사랑의 결실로서 『인생의 밤』을 펴낸다.
이 책을 위해 살았다.
이 책을 쓰려고 공부했다.
이 책이 그대 마음을 환히 밝히면 좋겠다.

instagram.com/2indios

인생의 밤

2024년 6월 15일 제1판 1쇄 인쇄
2024년 6월 20일 제1판 1쇄 발행

지은이 | 이인
펴낸이 | 권오상
펴낸곳 | 연암서가

등 록 | 2007년 10월 8일(제396-2007-00107호)
주 소 | 경기도 고양시 일산서구 호수로 896, 402-1101
전 화 | 031-907-3010
팩 스 | 031-912-3012
이메일 | yeonamseoga@naver.com
ISBN 979-11-6087-126-5 03810

값 15,000원

0

_____

그대에게

○

그대는 고통받고 있다. 삶이라는 미궁을 헤매고 있다. 어디에서 와서 어디로 가는지도 모른 채 흔들리는 중이다. 그저 하루하루 버겁게 견딘다.

나도 고통받고 있다. 절박한 심정으로 절벽에 매달렸던 적도 여러 번이다. 고통으로부터 줄행랑을 쳤으나 부처님 손바닥 안 손오공이었다. 고통이 없는 곳은 어디에도 없었다.

내가 더 고통스러운지 그대가 더 고통스러운지 비교할 까닭이 없다. 각자 자신의 고통이 가장 심하다고 느끼면서 한 생을 허덕인다. 고통의 내용이 조금씩 다르더라도 고통을 겪는다는 건 누구나 똑같다. 고통은 세계의 핵심이다. 삶은 찬란하게 아름답지만 사무치게 아리다.

그대와 나만 고통받는 건 아니다. 세계는 고통으로 들끓는 도가니이다. 가만히 귀 기울이면 모든 생명이 신음하고 있다. 산다는 건 한없이 놀라운 동시에 지극히 버겁다. 형체가 있는 것들은 죄다 고통받는다. 심지어 지구마저 고통에 몸부림치고 있다. 이상기후와 자연재해란 지구가 겪는 고통의 표출이다.

우리가 가장 흔하디흔하게 겪는 일이 고통이다. 애써 외면하려고 해도 고통은 없어지지 않는다. 모든 것들에 고통이 그림자처럼 드리워져 있다. 고통이야말로 존재의 공통분모이다. 고통은 존재의 대가이자 속성이다. 그대와 내가 고통스러울 수밖에 없는 이유이다.

○

우리가 얼마나 고통스러운지 유행하는 언어를 들여다봐도 대번에 알 수 있다. 힐링은 요즘 가장 자주 언급되는 어휘 가운데 하나이다. 너도나도 힐링을 찾는다. 힐링이 일상어가 되었다는 건 너무나 많은 사람이 아파하고 있으며 치유가 절실하다는 징후이다. 힐링을 찾는다는 건 자기 삶에 문제가 있다는 고백이다.

치유가 절실한데, 치유는 좀처럼 이뤄지지 않는다. 따사로운 글귀도 읽고, 유명인사의 이야기도 듣는다. 등산하고, 공원에 들른다. 전시회를 가고, 공연을 관람한다. 운동도 틈틈이 하고, 친구를 만나 술 한 잔 나눈다. 그러면 마음이 풀어지고 기분이 좋아진다. 나를 옥

죄던 고통이 한결 누그러진다. 힐링이 이뤄진 것 같다. 하지만 잠시뿐이다. 썰물처럼 빠져나간 것 같던 고통이 밀물처럼 들이친다.

요새 유행하는 힐링은 잠깐의 진통제로 기능한다. 진통제를 맞으면 고통이 누그러져도 실제로 고통이 없어진 게 아니다. 도리어 억눌렸던 고통이 더 큰 덩치가 되어 쳐들어온다. 진짜 고통이 해일처럼 달려들면 힐링이라는 방파제는 산산이 부서진다.

물론 소소한 힐링 행위는 필요하다. 힐링을 찾는 마음에는 자신이 고통받는 존재라는 겸손과 고통을 치유하고 싶다는 바람이 담겨 있다. 고통에서 벗어나고자 노력하는 가운데 변화가 일어난다. 다만 유행하는 힐링은 임시방편의 미봉책이기에 우리는 새로운 길을 찾아야 한다.

새로운 길은 고통의 탐구에서 시작한다. 여태껏 고통을 피하려 했다면 이제는 고통을 마주할 시간이다. 고통을 사유하면서 시야가 확 트인다. 고통은 삶에 문제가 있다는 자각을 낳는 동시에 변화를 일으킨다. 인생을 돌아보면 지금 이 순간만 괴롭지 않다. 태어나면서부터 쭉 고통받아왔고, 죽을 때까지 고통에 시달릴 것이다. 삶의 속살은 고통이다. 고통을 마주하고 보듬을 때 우리는 삶의 본질을 헤아린다.

서로의 사정을 들어주고 필요한 약을 제때 챙겨 먹고 푹 쉬면서 재충전하는 것도 중요하다. 하지만 거기에 그치면 고통에서 해방될 수 없다. 힐링은 간단하지 않다. 진정한 치유란 고통을 등지는 것이 아니라 고통과 함께할 때 이뤄진다. 나를 짓누르던 것들을 없애는 것이 아니라 그것들을 새롭게 변화시키면서 치유가 이뤄진다. 현실을 새롭게 변화시키는 힘을 우리는 지혜라 부른다. 진정한 치유는 지혜의 연금술을 뜻한다.

○

지혜는 고통을 치유한다. 고통을 변화시킨다. 우리가 계속 고통을 받는다는 건 고통 속에서 지혜를 구하라는 신호이다.

인생은 즐거움으로만 이뤄져 있지 않다. 분명히 괴로움이 도사리는데, 우리는 괴로움을 되도록 외면하면서 흥청망청 살아간다. 헛된 것들에 취해있는 일상을 고통이 들이받는다. 들이닥치는 고통에 우리는 속절없이 허물어져 내린다.

그렇다면 고통 속에서 허물어지는 체험은 운명이 아니었을까? 고통 속에서 사람이 바뀐다. 정신상태, 가치관, 생활방식, 인간관계, 모든 게 달라진다. 자기 삶이 새롭게 보이고, 고통에 대한 이해가 변한다.

고통은 피할 수도 없고 피해서도 안 된다. 고통은 삶의 동반자다. 고통은 우리 삶에 균형을 잡아주고, 새로운 기회를 제공한다. 고통은 인간사에 관여하는 신비로운 자극으로 기능한다. 고통을 거치는 동안 아집이 깨진다. 아집이 깨지면서 우리의 정신이 깨어난다. 고통을 그저 괴로움으로만 여긴다면 우리의 삶은 지옥일 수밖에 없으나 고통 속에서 깨어난다면 우리의 삶은 천국이 된다.

이 책은 고통에서 벗어나는 특별한 여정에 대한 안내서이다. 누구나 천국에 다다를 수 있지만, 쉽사리 도착하지는 못한다. 사람은 지옥으로 추락했다가 다시 천국으로 나아가는 시기를 거치게 된다. 바로 이러한 고통스러운 시기를 '인생의 밤'이라고 부르고, 이 책은 이 시기를 조망한다.

알베르 카뮈는 절망 속에서 명증함을 잃지 않고 정신이 깨어있는 밤을 이야기한 적이 있다. 눈을 감아야만 생겨나는 밤, 오직 인간의 의도를 통해서 태어나는 밤에 대해서 말이다. 고통스러운 밤을 맞는다고 해서 시야가 차단되는 건 아니다. 어두워져야만 보이는 게 있는 법이다. 어둠 속에서 우리는 빛을 찾는다. 인생의 밤이란 빛을 찾아서 정신을 새롭게 빚어내는 시기이다.

우리는 질식할 것만 같은 어둠 속에 사로잡혀 있었다. 이제부터는 지혜의 빛을 통해 고통을 환하게 밝힐 것이다. 인생의 밤을 통과하고자 마음을 모을 것이다. 인생의 밤을 거치면서 기존의 세계는 파멸되지만, 그것으로 끝이 아니다. 폐허에서 새로운 세계가 창조된다. 바로 이러한 해체와 건설, 파괴와 생성을 탐구하고자 한다.

고통을 두려워하지만 말고 찬찬히 응시하면 신비로운 변화가 일어난다. 나의 마음을 송두리째 뒤흔들어버리는 비통함이 조금은 누그러진다. 오로지 괴로움으로만 가득할 거 같은 고통 속에서 무언가 나타난다. 모든 것이 무너진 것처럼 보여도 아직 남아 있는 것이 있다. 다 부서진 것처럼 느껴지더라도 여전히 존재하는 나를 마주한다. 우리는 고통 속에서 자신을 발견한다. 그렇게 우리는 성장한다.

삶이 왜 괴로울까? 새로운 문을 만들기에 그렇다. 우리는 용기를 내어 고통이 빚어낸 문을 열어야 한다. 고통은 인간 성장의 줄거리이다. 고통 속에서 지혜들이 잉태한다. 비바람에 눕더라도 다시 일어나는 들풀처럼 우리는 고통 속에서 새롭게 피어나 지혜의 꽃망울을 터뜨릴 것이다.

○

세상은 참으로 희한하다. 오랫동안 하란 것을 성실히 하고 배우란 것을 열심히 배웠다. 그렇지만 고통스러울 때 어떻게 대처해야 하는지 알지 못한다. 고통을 어떻게 다뤄야 하는지 어디에서도 가르치지 않는다. 우리는 모두 고통 앞에서 풋내기이자 애송이다.

살다 보면 고통은 반드시 찾아든다. 인간이라면 맞을 수밖에 없는 관문이 고통이다. 통과 여부는 자신이 어떻게 고통을 이해하느냐에 달렸다. 누군가는 고통 속에서 타락하는 반면에 누군가는 자신을 창조한다.

인류사를 돌아보면, 뛰어난 사람들은 고통으로 자신을 담금질했다. 이를테면, 프리드리히 니체도 인생의 밤을 겪으면서 성장한 인물이다. 그는 고통을 삶의 사관학교에 비유했다. 나를 죽게 하지 않는 것은 나를 더욱 강하게 만든다는 그의 외침이 시공간을 뛰어넘어 전해진다.

인생의 밤을 거치는 동안 죽을 것만 같은 고통이 우리를 덮친다. 우리는 진정으로 죽지 않고자 고통 속에서 기꺼이 죽고자 한다. 인생의 밤은 사관학교의 엄격한 교관들처럼 요구한다. 너라고 믿고 있던 껍데기를 깨뜨리라고.

기존의 나를 깨부수는 일은 쉽지 않다. 하지만 고통에서 진정으로 해방되려면 나를 극복하지 않을 수 없다. 고통은 그저 괴로움만이 아니라 과거와 이별하라는 강렬한 자극이다. 인생의 밤이 괴로운 까닭은 허물을 벗겨내면서 접혀있던 날개를 펴는 과정이기에 그렇다. 이 책은 우리가 재탄생하도록 돕는다.

『인생의 밤』은 고통의 산물이자 고통의 치유제이다. 고통을 다루는 동시에 신선한 전망을 제시한다. 고통 속에서 극심하게 몸부림친 사람만이 이 책을 온전하게 이해할 수 있고, 이 책을 통해 변화할 것이다.

그대는 이 책을 오롯이 이해할 수 있다. 그대는 고통받는 사람이기에 그렇다. 이 책이 그대의 손에 쥐어진 것도 운명이다. 그대는 달라질 운명이다.

인생에서 늦는 건 없다. 늦었다고 생각할 때가 가장 빠를 때다. 언제나 지금만이 존재한다. 고통에서 해방할 수 있는 유일한 시간은 지금뿐이다.

간절하게 지금 이 책을 펼치라. 그대의 인생이 새롭게 펼쳐질 것이다.

1

삶은 고

고통이 행복보다 훨씬 자주 있다

행복은 드물고 짧지만, 고통은 다양하고 기나길다. 살아오면서 행복했던 체험은 많지 않고, 행복했던 시간도 오래 이어지지 않는다. 반면에 고통의 종류는 수두룩한 데다 고통은 지속하는 경향이 있다. 인생을 통틀어 행복과 고통이 반반 정도라면 그나마 괜찮을 텐데, 대부분 사람은 고통이 행복보다 훨씬 자주 있다.

우리의 삶을 되짚어보면 별의별 것들이 다 고통스럽다. 아침에는 눈뜨기가 괴롭고, 낮 동안에는 원치 않는 일을 해야 하며, 밤에는 좀처럼 잠이 오지 않는다. 보기 싫은 사람을 상대해야 하고, 보고 싶은 사람을 만날 시간은 얼마 없다. 웃으면서 사회생활을 하려고 해도 속은 쓰디쓰다. 평일에는 초조하고 주말에는 공허하다. 시도 때도 없이 불안하다. 갑작스레 흥분이 일어나고 분노가 폭발하기도 한다. 내가 왜 이러는지 나도 모른다. 내가 점점 낯설어진다.

몸에도 적색 신호가 켜진다. 눈은 침침해지고, 속은 갑갑하며, 뱃살이 부쩍 는다. 목은 거북이처럼 되어가고, 무릎은 쑤신다. 잠을 오래 자도 피곤하고, 얼굴은 밤에 라면 먹은 것처럼 부어있다. 서 있는 게 버거워서 어떻게든 앉아 있으려 하고, 앉으면 눕고 싶어진다. 누우면 자고 싶어지고 깜빡 조는 동안 악몽을 꾼다. 화들짝 놀라 깨어나도 현실은 여전히 암울하다. 암, 심혈관질환, 당뇨, 고혈압, 고지혈증 등등에 대한 걱정이 들려오는데 남 얘기 같지 않다. 건강검진 결과가 두렵다.

어디로든 도망치고 싶다. 우리는 틈만 나면 현실도피를 한다. 일종의 도망으로써 여행에 끌린다. 무리해서라도 어떻게든 떠난다. 잠깐이라도 괴로운 현실에서 벗어나면 한숨 돌릴 수 있다. 문제는 멀리 가더라도 돌아와야 한다는 사실이다. 한숨 나는 현실은 그대로다. 기존의 일상이 소를 기다리는 도축장처럼 우리를 맞는다.

기존의 일상은 건강하지 못하다. 우리는 하루하루 건성으로 살고 있다. 내가 누구인지 왜 살아야 하는지 알지 못한다. 시야가 좁고 앞날도 어둡다. 우선 버텨본다. 어금니를 깨물고 견딘다. 홀로 우울함과 악다구니를 벌인다. 하지만 참는 데는 한계가 있다. 잿빛의 흐느낌이 삐져나오고, 핏빛의 절규가 터진다.

울고 나면 마음이 한결 개운해진다. 그렇지만 고통이 사라지지는 않는다. 고통은 벌꿀오소리처럼 집요하다. 한번 물면 결코 놓아 주지 않는다.

삶에 끈덕지게 달라붙는 고통에 괴로워하다가 고통을 바라보는 순간, 고타마 싯다르타가 제시한 네 가지 성스러운 진리가 와닿는다. 즉 고집멸도(苦集滅道)이다. 고집멸도 가운데 첫 번째가 고이다. 또 불교의 핵심 가르침 세 가지를 삼법인(三法印)이라고 부르는데, 삼법인 가운데 하나가 일체개고(一切皆苦)이다. 일체개고란 모든 것이 괴롭다는 뜻이다. 존재하는 것은 모두 고통을 겪는다고 고타마 싯다르타는 설파했다. 의미심장한 가르침이다.

시작부터 괴롭다

인생은 시작부터 괴로웠다. 잉태되는 과정도 고통스럽다. 두 남녀가 열띤 채 성행위를 한다. 얼핏 둘은 즐거워하는 것 같지만 찡그린 표정을 짓고는 격한 신음을 내뱉는다. 생명이 만들어질 때도 고통스럽기에 대자연은 마약 같은 쾌락을 심어놓았다. 생명은 강렬한 쾌락에 유혹당해서 생겨난다.

우리의 신체는 어떻게든 성행위를 하려는 본능이 있다. 본능을 숨긴 채 남들 앞에서는 근엄한 척하다가 남몰래 호박씨를 깐다. 꿈결에 성행위를 하기도 한다. 우리는 자신이 하고 싶어서 한다고 생각하지만, 실상은 성행위하지 않을 자유가 없다. 성욕은 끊임없이 나를 부추기고 다그친다. 내가 성행위를 하는 게 아니라 성욕이 나를 부린다.

남자는 성관계를 무척 원하는데, 막상 기대한 것만큼 쾌락을 얻지 못한다. 남자들이 침대에서 황홀경은커녕 즐거움조차 별로 느끼지 못한다. 이건 세상에 널리 알려지지 않았으나 엄연한 사실이다. 성애가 끝나고 난 뒤 충만함과 평화로움이 깃드는 경우는 그리 많지 않다. 알 수 없는 허무가 마음속으로 퍼져나간다. 이게 뭔가 싶지만, 남자는 이 과정을 죽을 때까지 반복할 예정이다. 박완서의 소설집 『친절한 복희씨』에는 중풍을 맞아 거동이 불편한데도 약국에서 비아그라를 찾는 노인의 이야기가 실려 있다.

여자는 성행위를 통해 남자보다는 조금 더 깊은 즐거움을 누리는 편이다. 성관계가 훌륭하게 이뤄진다면 황홀경이 여러 차례 연속되기도 한다. 그렇지만 성행위의 쾌락은 더 큰 고통을 불러일으키는 미끼이다. 성관계가 끝나고 나면 임신이 되었을까 봐 불안해지고, 상대 남자가 떠날까 두려워진다. 회임하면 하루하루가 긴장의 연속이고, 불편한 변화가 생겨난다. 예민해진다. 입덧한다. 식욕이 증가한다. 몸이 붓는다. 기억력이 떨어진다. 할 수 있는 일이 적어진다. 활동반경이 줄어든다. 그러다 생살이 찢어지는 고통 속에서 아기를 낳는다.

생명이 자궁을 벗어나는 일도 고통이다. 아기는 기쁨 속에서 산뜻이 세상으로 나오지 않는다. 오랫동안 생과 사의 고비를 넘나들면서 가까스로 태어난다. 숨을 터뜨리고자 비명을 터뜨린다. 어쩌면 갓난아기의 비명에는 왜 나를 낳았느냐는 분노가 조금 섞여 있을지 모른다. 셰익스피어는『리어왕』에다 이런 대사를 넣었다. "우리가 태어날 때 우는 건 바보들의 거대한 무대에 오게 되었기 때문이다."

아기가 내지르는 단말마의 울부짖음은 앞으로 펼쳐

질 인생이 어떠할지 알려주는 신호다. 예상과 그리 다르지 않게 인생은 흘러간다. 이 아기들은 훗날 이렇게 살 바엔 태어나지 않았으면 좋았을 것이라는 서글픈 혼잣말을 꼭 하게 된다. 이런 애처로운 넋두리는 소포클레스의 작품에도 담겨 있다. 그의 작품 속에 유명한 인물인 오이디푸스는 삶의 끝에서 자신이 태어나지 않았더라면 좋았을 것이라고 탄식한다. 오이디푸스의 딸 안티고네도 산 채로 매장당하면서 자신이 태어나지 않고 차라리 죽었더라면 더 나았을 것이라고 울부짖는다.

어린 시절의 결핍

태어나면서부터 울부짖은 인간의 삶은 내내 고통으로 범벅된다. 고통은 어린 시절부터 습격한다. 사람들은 어린 시절에 받았던 충격을 잊어버리고 걱정 없이 뛰노는 것처럼 어린이를 대강 묘사하곤 한다. 그런데 어린 시절을 좀처럼 기억하지 못하거나 상세하게 이야기하지 않는 현상이야말로 어린 시절에 고통받은 사람의 전형적인 특징이다.

어린이는 아직 마음이 여린 만큼 불안과 공포에 잠식되기 쉽다. 아이가 마주치는 세계는 호기심을 자극하는 동시에 두려운 수수께끼로 다가온다. 자기가 누구인지 여기가 어디인지 모른 채 태어나 조마조마한 마음으로 낯선 세계를 파악하려 애쓴다. 부모와 기성세대에게 이해할 수 없는 야단을 맞으면서 이해할 수 없는 세계를 조금씩 이해해간다. 그러나 아이의 이해란 언제나 오해이다. 세계를 알아가면서 여린 영혼은 상처받는다.

어릴 때의 상처는 평생 따라다닌다. 한 사람의 고백이 머릿속을 맴돈다. 그 사람은 어두운 데서 혼자 막 우는데 아무도 없는 장면이 자신의 최초 기억이라고 털어놓았다. 그 사람은 자신도 모르게 이 이야기를 불쑥 꺼냈다. 그렇게 흘러나온 가슴 속 이야기는 물기를 머금고 모임의 분위기를 적셨다. 누구나 혼자서 울다 지쳤을 아이에게 감정이입하지 않을 수 없었다.

정확하게 기억나지는 않더라도 아기였던 우리는 자주 울었다. 울음을 통해 부모로부터 보호받고 사랑받게 된다. 아이의 응석은 단지 먹을 것을 달라거나 기저귀를 갈아달라는 뜻이 아니라 자신에게 관심을 보내달라는 신호이다. 하지만 모든 아기가 충분히 관심받지는 못한다. 사랑에 굶주린 채 어린 시절을 통과하는 사람이 세상에 무수히 많다.

애정결핍의 환경에서 성장한 사람 가운데 유시민이 있다. 유시민은 갓난아기 시절에 자신이 울어도 어머니가 들리지 않는 곳에서 일해야 했던 가정환경을 털어놓으면서 자신은 잘 울지 않는 아이였다고 회상했다. 배가 고프면 주먹을 빨고 기저귀가 젖어도 참았으며 심심하면 손가락을 폈다 접었다 하면서 놀았다. 처음 몸을 뒤집고 배밀이를 시작하고 일어나 앉았을 때도 보는 사람이 없었다. 인생은 원래 고독한 것임을 일찍 알아차렸다고 유시민은 회고했다.

물론 아기 유시민이 늘 방치되어 있지는 않았을 것이다. 돌봄이 부족했더라도 부모나 친척이 아기 유시민을 어르고 달랬을 테지만, 유시민은 그런 상황은 언급하지 않은 채 오직 몇 가지 상황만을 부각하면서 어린 시절을 고독하게 반추한다. 뭇사람들의 인생이 그러하듯 유시민의 삶도 고통으로 가득했다. 유시민은 살면서 겪었던 절절한 외로움을 갓난아기 시절에까지 투사한 것이다.

어린 날의 유시민은 요즘 말로 하면 '나 홀로 아동'
이었다. 나 홀로 아동이란 돌봄을 받지 못한 채 방치되
는 아이들을 지칭하는 용어이다. 어른에게도 외로움은
힘겨운데, 아이에게 고독은 그야말로 엄청난 공포이다.

그래도 유시민이 성장하던 시기엔 가정마다 형제자
매들이 많고 동네에서 아이들끼리 노는 문화가 있었다.
그나마 외로움을 덜 느낄 환경이었다. 반면에 오늘날의
아이들은 형제도 없이 자란다. 놀이터는 텅 비어 있다.
돌봄을 충분히 받지 못하고 외로이 하루를 보내는 아이
들은 보이지 않는 곳에서 식어가는 마음을 덥히고자 자
기 자신을 부둥켜안고 있다.

돌봄받지 못하는 아이들

핵가족을 넘어서 1인 가구가 대세가 된 시대다. 누
군가 집을 지키면서 아이들을 돌보기가 어렵다. 사회
구조의 변동과 여성의 사회진출에 따라 아이들이 돌봄
을 받지 못하는 경우가 적잖이 생긴다.

그렇다고 과거처럼 여자들에게 희생을 강요하는 건 시대를 역행하는 일이다. 그동안 세상은 돌봄 노동을 가족에게 떠맡기고 여자들에게 죄의식을 뒤집어씌우는 식으로 처리해왔다. 그 결과 여자들은 결혼을 꺼리고 아이 낳는 일을 두려워한다. 여성이 사회생활을 하면서도 아이를 키울 수 있도록 국가와 지자체에서는 여러 정책을 시행하지만, 역부족이다. 오늘날 아이들은 과잉보호를 받거나 아니면 외로움을 견뎌야 한다. 요즘 젊은이들 가운데 상당수는 자신의 어린 날을 돌아보면서 고독하게 홀로 있는 아이를 발견할 것이다.

여성학자 조주은의 아이도 나 홀로 아동이었다. 조주은은 대학원을 다니는 가운데 여러 강의를 맡아서 해야 했고, 영어 과외까지 했다. 시간을 쪼개어 여러 단체가 요청한 글을 작성하면서도 자신이 구상한 책까지 집필했다. 두 달에 세 번꼴로 급식당번이 돌아와 학교에서 봉사활동도 해야 했던 조주은은 재빠르게 뛰어다녔지만, 아이들 곁에 충분히 있어 주지 못했다.

조주은은 자신의 꿈을 이루기 위한 시간과 아이들 그리고 남편이 필요로 하는 시간의 부딪침 속에서 늘 마음 아파했다. 박사 논문을 쓰는 6년 동안 식당 구석에서 혼자 밥을 먹으며 울지 않은 날이 없었을 만큼 고군분투했다. 빡빡한 형편에서 공부하는 자신의 처지, 텅 빈 집에 홀로 있을 아이들을 생각하면서 조주은은 번민과 고뇌와 죄책감에 괴로워했다.

조주은은 어느 날 수업이 없어서 아이들을 어린이집과 학교에 보낸 뒤 집에서 잠을 더 잤다. 시간이 흘러 초등학교 2학년이었던 큰아이가 집 앞에서 "엄마, 엄마"하고 외치는 소리가 들렸다. 엄마가 늘 그렇듯 대학원에 간 줄 알 텐데 어떻게 자신이 집에 있는 걸 알고 부르는지 신기했다. 이불을 젖히고 현관으로 나가자 달그락 소리와 함께 큰 아이가 문을 열고 들어왔다. 큰아이에게 엄마가 있는 거 어떻게 알았냐고 묻자, 큰아이는 당황하면서 이렇게 말했다.

"아…… 저는 항상 집에 엄마가 있는 것을 상상하면서 와요. 그래서 그냥 늘 두 번 정도 '엄마'하고 불러보고 열쇠로 문 열고 들어와요."

아이는 집 앞에서 허공을 향해 수백 번, 수천 번 "엄마"를 외쳤다. 집에는 아이가 기다리던 엄마 대신 적막만이 기다리고 있었다. 조주은은 아이의 얘기를 듣고 가슴이 너무나 미어져 눈물이 쏟아졌다.

조숙은 상처의 위장

로맹 가리의 『자기 앞의 생』을 보면, 주인공 아이는 타인의 관심을 받고자 복통과 발작을 일으킨다. 그래도 사람들이 관심을 보이지 않자 주목받으려고 상점을 돌아다니면서 토마토나 과일 따위를 슬쩍하고는 발각되길 기다린다. 가게 주인이 붙잡아 따귀를 때리면 꺼이꺼이 울면서도 한편으로는 안도한다. 자신에게 관심 보내는 사람이 있다는 사실을 확인할 수 있으니 말이다.

이와 비슷하게 아이들이 행동한다. 아이들은 떼를 쓰고 응석을 부리고 말썽을 피운다. 관심을 받으려는 유치한 방법들이다. 말하지 못하는 아기들도 타인을 자신에게 끌어들이고자 온갖 방책을 사용하는데, 그 가운데 배앓이가 있다.

요람에 혼자 누워있는 시간이 길어지면 아기들은 어김없이 배앓이를 하게 된다. 딱히 어떤 원인이 있지 않은데, 자주 보채고 끊임없이 흐느끼면서 좀처럼 달래지지 않는다. 자신의 요구만큼 세상이 대응해주지 않아서 생긴 신경질이 배앓이다. 울어도 아무도 자신을 챙겨주지 않아 제풀에 지쳐 쓰러져 자는 경험은 기억되지 않더라도 세상을 살아가는 태도에 근본적인 영향을 끼친다.

어린 시절에 겪은 일들은 성인이 된다고 없어지지 않는다. 우리의 마음엔 어린 시절에 겪었던 고통이 남아 있다. 체코 출신의 의학사상가 스타니슬라프 그로프에 따르면, 태어나면서 겪은 출생의 고통조차 무의식에 고스란히 간직된다. 고통스러웠던 어린 시절은 한참 전에 지나갔어도 어린 시절의 고통은 치유되지 않은 채 무의식에 잠복한다.

어린 시절의 상처를 문학적으로 표현하면, 내면 아이의 아픔으로 비유할 수 있다. 어른이 되었는데도 때때로 공허하고 침울한 까닭은 내 안에 어린아이가 풀죽은 채 그렁그렁한 눈으로 나를 올려다보고 있기 때문일 수 있다.

부모나 사회는 고통을 막고자 최선을 다하더라도

아이들에게 가해지는 고통을 아예 없앨 수는 없다. 아이들은 저마다 삶의 고통에 부딪히기 마련이다. 존 롤스의 생애를 들여다봐도 그렇다. 존 롤스는 20세기를 대표하는 정치철학자다. 저명인사 부부의 아들로 태어난 존 롤스는 일곱 살 때 디프테리아에 걸렸는데, 병이 전염되어 동생의 목숨을 앗아갔다. 여덟 살 때는 폐렴에 걸렸는데, 또 다른 동생에게 옮겨지면서 그 동생마저 생을 달리했다. 어린 나이에 큰 병에 잇따라 걸려 고통받는 것도 괴로웠는데 자신으로 말미암아 두 동생이 죽었다는 사실은 엄청난 충격이었다. 존 롤스는 말을 더듬었고, 평생 사람들 앞에 나서기를 꺼렸다. 어린 시절의 고통 때문에 남들보다 일찍 성숙했고 그만큼 독보적인 업적을 남겼으나 존 롤스의 가슴에는 평생 슬픔이 드리워져 있었다.

어려서부터 고통에 일찍 노출된 아이들은 세상을 일찍 알아버린다. 그들은 의젓하고 조숙하다고 평가받는다. 하지만 조숙은 상처의 위장이자 고통을 덜 받으려는 가면이기 일쑤다. 상처받은 아이의 마음에서 생겨난 딱지를 우리는 조숙이라고 부른다. 조숙한 아이의 마음은 프란츠 카프카의 성문과 비슷하다. 언제나 열려 있는 것 같지만 그 누구도 들어올 수 없다. 이 성문 안으로 들어와 자신의 진실을 알아버리면 그나마 유지하던 관계마저 끝장나버릴 거란 공포가 조숙한 아이를 사로잡는다.

울음을 그친 아이

한때 아이를 강하게 키우는 육아법이 횡행했다. 우는 아기를 달래면 떼를 더 쓰니 내버려 두라는 충고가 여기저기서 요란하게 울려댔다. 울다가 지치게 놔두라는 조언이 육아법의 정석처럼 퍼졌다. 그러나 우는 아기를 달래주지 않는 건 아기에게 매우 해롭다.

우리의 조상들은 우는 아기를 내버려 두지 않았다. 아기의 울음은 세 가지를 함의한다. 배고프거나 외롭거나 아프거나. 과거의 어머니들은 늘 아기를 안거나 포대기에 업고 다녔으므로 배고프거나 혼자 있을 경우는 별로 없었다. 아기의 울음은 곧 아픔을 의미한다. 또는 지금 어머니가 곁에 없거나 자신을 보살피지 않으니 도와달라는 구조요청이었다. 우는 아기를 방치시키는 건 죽음의 방조나 다름없었다.

　다른 영장류의 새끼들은 거의 울지 않는다. 반면에 아기는 울음을 통해 자신의 상황을 주위에 알리고, 우리는 아기에게 곧장 반응하는 본성을 갖고 있다. 인간은 아기의 울음을 들으면 하던 일을 멈추고 곧장 아기를 돌보려고 한다. 맹자가 물에 빠지려는 어린이를 구하려는 마음을 인간의 본성으로 꼽았듯, 아기의 울음에 마음이 움직이는 것 자체가 인간성의 발현이다. 인간성이 파괴된 자들은 아기의 울음을 성가셔 한다. 아기가 자신의 위기를 알리는 경고음을 내보냈을 때 인간성이 파괴된 자가 곁에 있다면 아기는 더 큰 위기를 맞는다. 아기의 계속되는 울음소리는 아동학대의 주요 원인 가운데 하나이다.

　울 때 에너지가 매우 많이 사용된다. 아기는 자신의 기운을 소모하면서까지 울음을 터뜨리며 타인에게 신호한다. 자신의 울음에 반응이 없을 때 아기는 좌절한다. 부모는 정해진 시간에만 모유를 먹이고 토닥여주면서 훈련한다고 생각하지만, 아기는 어른처럼 생각하지 못한다. 당장 채워지지 않는 결핍이 언제 채워질지 가늠하지 못한다. 엄청난 불안에 사로잡힌다. 눈물을 닦아주지 않으면 울음은 고스란히 절망으로 변한다.

아이들이 막무가내로 울 때를 살피면, 주로 분노 때문이다. 슬프거나 두려워서 울 때의 얼굴 근육과 화가 치밀어서 울 때의 얼굴 근육은 다르게 움직인다. 울음소리조차 다르다. 아이가 화가 나서 울고불고하는 건 세상을 배워가는 과정에서 치르는 성장통이기도 하지만, 한편으론 세상의 사랑을 충분히 받지 못해 생겨난 절망으로 말미암아 절규하는 것인지도 모른다.

자신의 울음에 반응하지 않으면 아기는 커다란 상처를 받는다. 영국의 임상의학자 존 볼비는 애착이 아기에게 필수라는 사실을 학계에 알렸다. 아기를 낳은 여성이라면 본능으로 아는 걸 남자들은 뒤늦게 연구해서 20세기 중반이 되어서야 인정했다.

누구든지 곁에서 달래주면 볼이 발그레한 아기들은 금세 울음을 멈추고 방실방실 웃는다. 하지만 아무도 자신의 눈물에 관심을 보이지 않을 때 아기는 스스로 울음을 그친다. 고독 속에서 울음이 끊어진 아기들은 나중에 세상을 흐느끼게 만드는 사람이 될 위험이 있다. 사랑이라는 빛을 받지 못할 때 인간성이라는 씨앗은 피어나기 어렵다.

세상을 경악하게 만든 이들의 과거를 들여다보면 공통점이 있다. 애정결핍 속에서 상처받은 아이였다는 점이다. 애정결핍의 아이가 무조건 범죄자가 되는 건 아니지만, 대개의 반사회성 범죄자들이 애착의 경험이 드물다는 건 무시하기 어려운 사실이다. 애정을 받지 못한 사람이 타인에게 친절하기란 몹시 어렵다. 받아보지 못한 것을 타인에게 줄 수 있는 사람이 얼마나 되겠는가. 아이가 사랑을 요구했을 때 세상이 냉대했다면, 그 아이는 울음을 그치고 훗날 세상을 울린다.

상처받은 아이처럼

우리는 언제나 지금 이 순간을 살 뿐이지만, 우리는 자주 미래와 과거를 넘나들며 방황한다. 고통에 치이는 날이면 우리는 무의식중에 괴로웠던 기억을 소환하는 주술사가 된다. 어린 시절에 받은 고통이 유령처럼 나타난다. 유령은 과거부터 지금까지 온통 고통뿐이라며 잔인하게 속삭인다.

　유령에 홀리면 어린 시절의 아이로 퇴행한다. 그동안 성숙한 척하며 쓰고 있던 가면이 발가벗겨진다. 상처받은 아이처럼 울부짖으면서 떼쓰고, 매달리고, 날뛴다. 학교를 졸업하고 직업이 있다고 해서 모두가 어른이 된 것은 아니다.

　인간의 감정회로는 어릴 때 만들어진 대로 반응한다. 감정처리 방식은 달리는 기차처럼 완강하게 작용한다. 멈춰 세워서 새로운 길로 나아가기 매우 힘들다. 내뱉지 말아야 할 말을 반복해서 쏟아내고, 하지 말아야 할 행동을 거푸 저지른다. 작은 말 한마디를 흘려듣지 못하고 흥분한 망나니처럼 감정의 칼날을 휘두른다. 기대에 어긋나는 타인의 태도에 주체할 수 없이 울화가 솟구친다.

　과민반응할 때 당황하면서도 우리는 자기 안의 여린 구석을 치유하기보다는 더욱더 짓이긴다. 칭얼거리는 내면 아이의 입을 틀어막으면서 닥치라고 소리칠 때마다 상처가 덧난다. 내 안의 아이는 토라진 채 입을 앙

다물고 팔짱 끼고는 마음 한구석에서 있다가 남들은 담담하게 반응하는 사안에 과민반응하면서 이상증세를 일으킨다.

마음은 뇌와 상호작용한다. 마음의 상처란 곧 건강하지 못한 뇌회로가 구축되어 있다는 뜻이다. 따라서 마음의 치유는 뇌회로를 새로 배치하는 일과 연관된다.

시간이 지난다고 저절로 상처가 치유되지 않는다. 많은 사람이 어릴 때 상처에서 평생 벗어나지 못한다. 고통에 익숙해지면 고통 없는 상황을 낯설어 한다. 고통에서 벗어나는 일에 거부감마저 생긴다. 일부러 고통을 만들어내는 지경에 이르기도 한다. 상처받은 사람은 다시 상처받는 일을 반복하기 일쑤다. 되풀이되는 상처 속에서 눈물 흘리는 것이 우리네 일상의 풍경이다.

그런데 성인들은 잘 울지 않는다. 상처를 거듭해서 받으면서도 어금니를 꽉 깨물고 눈물을 참는다. 밖으로 흘리지 못한 눈물이 마음에 한가득 쌓여간다. 아이들은 쉽사리 울음을 터뜨리면서 타인에게 자신의 상태를 전달하는 데 반해, 성인은 눈물샘이 말라붙은 것처럼 위장한다. 남들 앞에서 가식으로 웃으며 모든 것이 잘 되는 것처럼 굴다가 후미진 곳에서 남몰래 흐느끼며 흐느적거린다.

한 사람이 흘린 눈물의 양을 다른 사람이 알기 어렵다. 바로 그렇기 때문에 누군가를 진정으로 안다는 건 그 사람이 남몰래 흘린 눈물을 안다는 의미이다. 인간의 마음은 눈물을 통해 깊어지고, 눈물이 사람과 사람 사이에 길을 놓는다. 서로가 상대의 눈물을 닦아줄 때 관계가 긴밀해진다.

문제는 타인의 눈물을 닦아주기가 말처럼 쉽지 않다는 점이다. 타인과 고통을 함께하는 일은 쉽지 않은 정도가 아니라 매우 어렵다. 타인의 고통을 온전히 이해할 수 있는 사람은 없다. 고통 앞에서 우리는 처연하게 혼자이다. 고통이 나를 지배하는 순간 나는 그 누구에게도 도움받지 못한 채 산산이 부서진다. 고통은 인간에게 혼자라는 감각을 강하게 각인시키면서 고독이라는 또 다른 고통을 불러일으킨다.

고통은 함께하는 게 어려운 데다 그나마 타인의 고통을 조금이라도 나누려고 하는 사람은 극히 소수다. 인간을 비롯해 생명체는 고통을 혐오한다. 고통은 그저 고통받는 사람을 괴롭게만 하는 게 아니라 그 주변 사람들에게도 혐오감을 일으키면서 관계를 멀어지게 만든다. 한 인간이 고통받을 때 다가와 토닥여주는 사람보다 물러나는 사람이 더 많다. 눈물이 관계를 깊게 해주기보다는 끝내게 만드는 경우가 더 잦다. 마음이 나부낄 때 붙잡아주는 사람이 곁에 없다면, 사람은 휘청거리다가 무너진다.

고통받는 사람은 도움이 절실하나 고립되기 일쑤다. 고통받는 사람은 피해망상에 시달리기도 한다. 세상으로부터 버려진 것 같은 비참함이 밀려든다. 그 누구도 나를 챙기지 않는데 굳이 인간성을 지켜야 할 이유가 없다. 괴물로 변한다. 누군가 이상한 행동을 했다면 그 사람은 오랫동안 홀로 고통받았을 가능성이 크다.

자신의 고통에 함몰되면

고통은 폭력을 낳는다. 고통받는 사람은 폭력을 분출한다. 물건을 부수고, 욕하고, 타인과 악다구니를 벌인다. 그러면 미칠 것만 같은 고통이 밖으로 뿜어지며 조금이나마 숨통이 트인다. 그러나 폭력은 자기를 파괴하면서 세상을 부수는 불길이다. 중독성이 있는 데다 죄책감이라는 대가를 치른다. 폭력을 저지르고 나서도 한참 동안 마음에서는 폭력의 메아리가 울린다. 자기가 겪는 고통도 괴로운 데다 자신이 저지른 폭력으로 마음이 만신창이가 된다. 그런데 인간은 자신을 정당화하는 데 도사이다. 자신의 행동을 어떻게든 정당화한다. 자신을 매섭게 들여다보기는 자신을 이렇게 행동하게 했다면서 누군가를 탓한다. 괴물이 탄생하는 것이다. 폭력은 폭력적으로 인간의 인간성을 앗아간다.

고통이 꼭 폭력으로 표출되지 않더라도 장기간의 고통은 내면의 인간성을 짓뭉갠다. 자신의 고통이 감옥처럼 되어서 그 안에 갇힌 사람은 타인의 고통에 둔감해진다. 내 코가 석 자라 남의 고통을 헤아리기가 어려운 것이다. 이런 고통의 후유증을 앓는 사람들이 생각보다 많다. 대표적인 인물로 박근혜 전 대통령을 꼽을 수 있다.

박근혜는 세월호 참사가 일어났을 때 상식 밖의 대응을 했다. 피해자들의 슬픔에 공감하지 않았다. 추모의 의미를 지닌 노란 리본도 달지 않았다. 지지율이 떨어지고 여론이 들끓자 대국민 담화를 발표했는데, 참사에 대한 책임은 자신에게 있다고 말하면서도 슬픔에 빠진 사람들의 감성을 다독이지 못했다. 세월호 참사가 일어나고 얼마 지나지 않아 당시 미국 대통령 버락 오바마와 정상회담을 할 때도 너무 튀는 의상과 화려한 장신구를 착용해서 사람들의 입길에 올랐다.

왜 그랬을까? 정신건강의사 정혜신의 진단에 따르면, 세월호 사건 당시 박근혜의 행동은 박근혜의 적극적인 선택이었다. 박근혜를 과거의 상처에서 바라보면 박근혜의 처신이 이해된다. 박근혜는 어머니가 총에 맞아 죽은 뒤 아버지마저 총격에 사망하는 충격을 겪었다. 자신의 세계를 이루던 두 기둥이 부서지면서 박근혜의 마음도 무너져내렸다. 게다가 가까웠던 사람들이 등을 돌렸다. 18년 동안 집에만 틀어박혀 작성한 일기에는 박정희를 떠받들다가 떠나버린 사람들에 대한 배신감이 가득했다. 박근혜는 자신을 가장 고통받은 사람으로 여겼다. 자신이 가장 불행하다고 믿는 사람은 타인을 동정하지 못한다.

자기의 고통에 갇혀서 타인에 대한 감수성이 마모되는 경우는 흔하다. 정혜신은 5.18 피해자도 예로 들었다. 한 5.18 피해자는 사회관계망에다 한 달에 한두 개 정도의 글을 게시했는데, 세월호 사건 다음에 느닷없이 친구들 만나서 밥 먹고 술 마신 이야기를 날마다 30여 개씩 올렸다. 너무 걱정되는 마음에 정혜신이 전화를 걸었더니 그 피해자는 사람들이 가증스럽다고 얘기했다. 자기가 끔찍하게 고문을 당하고 10여 년을 감옥에 갇혔을 때 그 누구도 도와주지 않았다고 분통을 터뜨렸다. 학생들의 죽음에 사람들이 울고불고 난리를 떠는 걸 도저히 용납할 수 없다고 그 사람은 답변했다. 화가 난 그는 일부러 엇나가는 행동을 했다.

세월호 사건 때 뒤틀림 심보를 드러낸 사람들은 적잖았다. 일부 사람들은 세월호 유족을 모욕했다. 그들의 행태 자체가 끔찍한 만큼 그들의 정신상태도 끔찍하다. 그들은 꼭 세월호 유족이 아니더라도 언제든지 타인의 고통을 증오하고 조롱하면서 세상의 고통을 더 키울 것이기에 그렇다. 물론 그들이라고 원래부터 괴물이 아니었다. 고통 속에 갇히면 그 누구라도 괴물이 되지 않으리란 보장이 없다.

고통은 수렁처럼 사람을 빨아들인다. 한동안 자신의 고통에서 허우적거리는 건 어쩔 수 없는 일이다. 그런데 고통받은 사람은 더한 고통을 만들어 그 안에 갇힌다는 문제가 발생한다. 고통에 갇힌 사람은 주변 사람들에게 상처를 주면서 또 다른 고통을 만들어낸다.

자신의 고통에 함몰되면 괴물이 되어버린다. 세상의 괴물들은 날 때부터 머리에 뿔 달린 기괴한 존재가 아니다. 삶의 고통에 갇혀서 괴물로 변한 것이다. 갈라파고스 제도처럼 대륙과 고립되면 빠르게 진화하듯, 고통을 겪을 때 고립된 사람은 괴물로 변화한다. 모든 괴물은 고통과 고독의 산물이다.

이 세상에서 살아가려면

어린 시절에 좋은 관계를 맺는 체험이 중요하다는 사실을 모르는 부모는 거의 없다. 가정마다 아이와 애착 관계를 맺고는 사랑으로 키우려 노력한다. 문제는 인간이 가정에서만 시간을 보내지 않는다는 점이다. 우리는 성장하면서 자연스레 수많은 사람과 관계를 맺는다. 그런데 사회에서 만나는 사람들이 다 좋을 수만은 없다. 좋기는커녕 께름칙한 인간들을 상대해야만 한다.

인생에서 가장 힘든 건 인간관계이다. 단지 특정한 누군가와 잘 맞지 않아서 인간관계가 힘든 건 아니다. 인간관계는 그 자체로 고통을 생산한다. 우리는 서로를 필요로 해서 사회를 이루는 가운데 타인이 있다는 것만으로 삶은 버거워진다. 인간의 사회란 끊임없이 비교하는 환경이다. 서로 비슷하면서도 조금씩 다른 수많은 타인과 평생 경쟁한다. 얼핏 봐서는 나와 너는 거의 도토리 키재기이다. 남들보다 잘살길 원하고, 사랑을 갈구하고, 돈을 좋아하고, 외롭고, 자신이 옳다고 믿어 의심치 않는다. 어느 정도 엇비슷한 가운데 조금씩 다르다. 이 작은 차이를 두고 비교와 경쟁이 벌어진다.

비교와 경쟁은 일찍부터 시작된다. 이기심이라는 벽은 어릴 때부터 강하게 세워지고, 우리는 이기심으로 타인을 대한다. 비교와 경쟁은 이기심의 자연스러운 결과이다. 누가 더 키가 큰지, 누가 더 달리기가 빠른지, 누가 더 잘생기고 더 예쁜지, 누가 더 인기가 많은지, 누가 더 힘이 센지, 누가 더 잘 싸우는지 아이들은 모르지 않는다. 어른들이 알려주지 않아도 어련히 파악한다. 아이들의 세계도 어른들의 세계와 비슷하다. 아이는 다른 아이들과 자신을 비교하고 자신의 위치를 자각한 뒤 그에 따른 처신을 익힌다.

비교와 경쟁은 인간사회에 뿌리 깊은 관행이고, 우월감과 열등감은 그에 따른 심리상태이다. 타인이 자신보다 못하다고 판단이 들면 우쭐해진다. 반면에 자신이 못한 거 같으면 우울해진다. 우리는 평생 우쭐함과 우울함의 청룡열차를 타고 급격한 감정 기복을 겪는다. 세상은 넓고 인간은 너무나 많다. 아무리 잘난 사람일지라도 열등감을 느끼지 않을 도리가 없다. 대다수의 마음속에 열등감이 잠복해 있다.

주위를 돌아보면 탄탄대로를 걷는 능력자가 있다. 신의 축복을 독차지한 것처럼 보인다. 세상으로부터도 듬뿍 인정을 받는다. 사랑의 다리미로 다린 것처럼 마음의 구김살도 찾기 어렵다. 든든한 배경을 갖고 있고, 사람들은 단단히 그를 신뢰한다. 우리는 그런 사람과 친해지기를 원하면서도 거리낌이 생겨난다. 그의 곁에 서면 부러움과 함께 열등감에 일어나지만 내색하지 않는다. 그를 모방하면서도 뒤돌아서선 미워하고, 그를 우러르면서도 속으론 시샘한다.

　세상에는 우리에게 열등감을 일으키는 사람뿐만 아니라 분노와 짜증을 일으키는 사람들도 많다. 마치 외나무다리에서 만난 원수처럼 자신과 너무나 안 맞는 사람이 있기 마련이다. 그 사람을 상대하려면 기운 소모가 극심하다. 불쾌하고 불편하다. 최대한 그 사람과 엮이지 않으려고 하더라도 그 사람을 피할 수만도 없다. 인간관계가 빚어내는 괴로움에 마음이 짓물러진다.

　그런데 상대도 그렇지 않을까? 아마도 나 때문에 괴로운 사람이 적지 않을 것이다. 나는 스스로 이 정도면 괜찮은 사람이라 여기나, 그건 착각이다. 타인의 기준에서 나는 괜찮은 사람이기는커녕 편찮은 사람이거나 하찮은 사람이리라.

　어쩌면 상대와 나 모두 편찮거나 하찮을지 모른다. 우리는 서로 물과 불처럼 다르다고 여기지만, 제삼자의 관점에서 보면 너무나 비슷해 보일 것이다. 둘 다 자신이 옳고 둘 다 자신의 욕망에 사로잡힌 채 자기 이익을 조금도 양보할 생각이 없기에 아옹다옹하는 것은 아닐까?

사람들이 대놓고 손사래를 치지는 않더라도 나는 타인들에게 그리 환영받는 인물이 아닐 수 있다. 주위를 둘러보면 분명히 누군가가 나 때문에 버거워하고 있다. 내가 누군가를 감내하듯 수많은 사람이 나를 참으면서 받아준다. 우리는 모두 인간관계에서 생겨나는 피로와 불편을 견디며 살아간다.

어린애 같은 두 마음

인간관계가 괴로워도 인간관계를 끊을 수 없다. 타인들과 멀어지는 순간, 오싹한 추위가 들이닥친다. 외로움이라는 북풍이다. 너무나 혹독한 괴로움이다. 외로움 앞에 어떤 장사도 없다. 잠깐은 강한 체하더라도 외로움이라는 매질이 계속되면, 결국 인간은 무릎을 꿇는다.

잠깐 혼자 있는 시간은 유익하다. 그렇지만 홀로 보내는 너무 긴 시간은 형벌처럼 된다. 교도소에서는 재소자가 소란을 일으키면 독방에 가둔다. 독방이야말로 가장 잔인한 형벌이기에 그렇다. 독방에 있다가 나온 재소자들은 얌전해진다.

힘겨운 시기를 맞을 때 외로움의 고통은 더욱 커진다. 살다 보면 어김없이 역경을 마주한다. 역경을 넘는 일이 왜 힘겹냐면 역경 자체가 힘들어서가 아니다. 자신의 고통을 나누지 못하는 외로움이 더해지기에 힘겨운 것이다. 인간은 타인과 일상을 함께하고 싶어 하는데, 아무리 둘러봐도 그런 사람이 없다면 무시무시한 고통을 겪게 된다.

20세기 초, 러시아에서 혁명이 벌어졌을 때 수상해 보인다는 이유만으로 수많은 사람이 체포되어 사살당했다. 희생자의 대부분은 죽기 전에 마지막으로 사랑하는 사람들과 인사할 기회를 바랐다. 희생자들은 살해당하는 공포만큼이나 죽을 때 누군가와 함께하지 못한다는 처절한 고독에 시달렸다. 작별인사를 나눌 사람이 없거나 허락받지 못한 사람은 사형집행인을 끌어안은 뒤 입맞춤했다.

누구든 고독의 고통을 겪는다. 하지만 우리는 외롭지 않은 척 거짓말한다. 외로움에서 벗어나고자 거짓말도 한다. 거짓말은 그 안에 진실을 감추고 있다. 노인이 혼잣말로 어서 죽어야 한다는 그 유명한 거짓말도 알고 보면 이렇게 살고 싶지 않다는 하소연이자 자신에게 관심을 가져 달라는 부탁이다.

사람의 마음에는 사랑받지 못할까 봐 두려워하며 거짓말하는 아이가 있다. 왜 자꾸 거짓말하느냐고 다그치면, 진실하게 외로운 것보다 거짓되더라도 외롭지 않고 싶다며 아이는 울먹인다. 남들로부터 사랑받고자 내 안의 아이는 물기로 흥건한 눈으로 거짓말한다. 외롭지 않고자 남들을 속이고 자신을 속이기까지 한다.

마음에는 또 다른 아이도 있다. 이 아이는 차가운 표정을 짓고 팔짱을 낀 채 구석에 혼자 있다. 이리로 오라고 손짓해도 본체만체한다. 같이 놀자고 다가가면 성가시게 하지 말라면서 성질을 부린다. 그렇다고 멀리 가지도 않는다. 그저 어느 정도 거리를 둔다. 신경 쓰지 않으면 그 아이는 자신을 무시한다고 더욱 괴팍하게 군다.

마음이 이렇게 아이와 같다. 우리 안엔 어린애 같은 두 마음이 있다. 외로운 날이면 두 마음이 티격태격한다. 첫째 마음은 '나를 구해줘'이다. 누군가 다가와 참을 수 없는 존재의 무거움을 들어 올려주기를 기대한다. 사랑받기 위해선 거짓말도 불사한다. 둘째 마음은 '나를 내버려 둬'이다. 누군가가 다가와 참을 수 없는 존재의 무거움을 들어주려고 하면 우리는 거북해하면서 거절한다.

오늘도 두 마음이 옥신각신한다. 어느 한쪽이 완벽하게 승리하지 못한다. 둘은 늘 엎치락덮치락 다툰다. 두 아이가 부대낄 때면 좀처럼 일이 손에 잡히지 않는다. 간신히 낮을 견디면 외로움으로 사무치는 밤이 찾아온다. 외로운 기억들이 비가 되어 뺨에 내린다. 눈물이 왈칵 쏟아지고, 뜬금없이 화가 솟아나며, 괜스레 어깨가 축 처진다. 의문의 서글픔에 몸이 떨리고, 누군가 절실하게 그리우며, 비빌 언덕 하나 없는 세상이 원망스러워진다. 고독의 고통에 이어 불면의 고통이 더해진다.

고독과 연애 사이를 고통스럽게

고독의 고통에서 벗어나고자 사람들은 연애한다. 고독의 고통보다 연애의 즐거움이 훨씬 나은 것처럼 보이는데, 꼭 그렇지만도 않다. 고통은 연애한다고 해소되는 게 아니다.

몽테뉴는 욕심과 향락은 똑같은 고통 위에 사람을 둔다고 갈파했다. 고독만큼이나 욕심에서 이뤄지는 연애의 향락이 고통스럽다는 얘기이다. 연애가 이뤄지는 상황을 살펴보면, 구애했을 때 거절당하면 낙담한다. 상대가 받아줘도 기분이 썩 유쾌하지 않을 수 있다. 상대가 매몰차게 자신을 대해도 괴롭지만, 힘 안 들이고 쉽게 넘어오는 것도 실은 거북하다고 몽테뉴는 지적했다. 연애가 이뤄져도 골칫거리는 계속 발생한다. 포만은 염증을 일으킨다고 몽테뉴는 기록했다. 연애가 평화롭게 흘러가는 가운데 슬슬 싫증과 딴생각이 들게 마련이다. 우리는 애정 문제에 있어서 결코 만족할 줄 모른다.

연애하는 동안에도 고통이 이어진다. 애인과 싸우면 구름 위를 걷는 것만 같던 기분이 땅바닥으로 거꾸러진다. 게다가 이별이 호시탐탐 관계를 노리고 있다. 연애하는 내내 불안이 도사린다. 그 누구도 이 관계가 영원하리라 믿지 않는다. 헤어짐이라는 호랑이 이빨이 모든 관계를 물어뜯는다.

장밋빛 기대로 시작한 연애는 빼다 박은 것처럼 이별의 고통으로 치닫는다. 없으면 안 될 것 같던 사람이 내 삶에서 제발 없어지길 바라는 사람으로 변한다. 절절하게 보고 싶었던 사람이 절대로 보고 싶지 않은 사람이 된다. 우리는 이별을 택하고 다른 사람을 찾는다. 다른 사람이랑 연애하면 다를 거 같지만, 그다지 다르지 않다. 앞서 연애와 거의 비슷한 과정을 거쳐 거의 똑같은 파탄을 맞는다. 인간은 연애할 때마저도 이기심을 앞세우고, 애정을 비교하고 누가 손해인지 따진다.

　　중세 유럽을 대표하는 연인 아벨라르와 엘로이즈도 그러했다. 아벨라르와 엘로이즈는 뜨겁게 사랑하다가 헤어진 채 각자 신부와 수녀가 되었다. 하지만 지난날의 달콤함을 잊지 못한 엘로이즈가 아벨라르에게 열정의 편지를 보내왔다. 그 편지에는 자신이 겪는 고통과 아벨라르에 대한 그리움이 담겨 있었다. 아벨라르는 답장에서 자신의 불행을 세세하게 썼다. 엘로이즈의 시련과 자신의 고난을 비교하면, 엘로이즈의 불행이 아무것도 아니란 걸 깨닫게 해주기 위함이었다.

　　앞서 편지에서 열띤 목소리로 위로했던 아벨라르는

엘로이즈에게 위안을 주고자 또다시 편지를 썼다. 자신의 불행에 파묻힌 채 과거를 그리워하는 엘로이즈의 시야를 넓혀주고 싶었을 것이다. 하지만 자신의 고통에 비하면 당신의 고통은 별것이 아니라는 편지를 받았을 때 엘로이즈의 마음은 갈가리 찢어졌다. 아벨라르는 누구보다 깊게 신을 이해한 사람이었는지 모르지만, 타인의 마음을 몰라주는 사람이었다.

아벨라르는 당대에 가장 뛰어난 지성이었다. 그런 그조차 자신의 고통이 예전 연인의 고통보다 더 크다면서 비교했다. 아마 우리는 대부분 연애와 인간관계에서 아벨라르보다 더한 비교를 할 것이다. 나는 이만큼 줬는데 너는 왜 이것밖에 안 주느냐, 너가 힘든 것보다 내가 더 힘들다, 너를 만나면 내가 아깝다 등등.

연애를 통해 고독의 고통이 끝나는 것이 아니라 더 혹심한 고독이 찾아올지 모른다. 혼자였다면 없었을 상처가 연애 때문에 생긴다. 연애의 고통은 연애하면 자신의 삶이 달라질 거라는 풋풋한 희망마저 짓밟으면서 삶이란 아주 철저하게 고통이라는 사실을 사무치게 각인시킨다. 상처를 주고받던 사람들은 차라리 고독의 고통이 낮다면서 한때 열렬히 사랑했던 상대를 저주하며 관계를 끝내버린다.

혼자이면 한동안 좋은 것 같다가도 다시 외로움의 북풍이 분다. 속절없이 연애 상대를 물색한다. 태어나서 죽을 때까지 고독과 연애 사이를 고통스럽게 헤맨다.

살면서 마주치는 온갖 고비

사랑이 괴롭다고 해서 사랑을 포기할 수는 없다. 사랑과 사람과 삶은 하나이기에 그렇다. 문제는 사랑을 지켜내는 게 만만치 않다는 사실에 있다. 일상 속에서 사랑의 아름다움은 빛바래 간다. 모든 것이 시간 앞에서 무뎌진다. 한동안 달콤한 감정에 불타오르더라도 열기는 차차 식어간다. 사랑만으로는 일상의 문제들을 해결할 수 없다. 먹고 사는 괴로움은 사랑의 반짝임을 꺼뜨린다

사랑뿐만이 아니다. 고결한 감정에서 우러난 행위들은 일상의 풍파를 견디기가 쉽지 않다. 똑같은 고통이더라도 저급한 동기보다는 고귀한 동기로 견뎌내기

가 훨씬 어렵다고 시몬 베유는 예리하게 지적했다. 예컨대, 노름하면서 밤을 꼴딱 지새우는 건 그리 어렵지 않다. 반면에 죽어가는 타인을 밤새 간호하는 건 매우 힘들다.

우리를 더 나은 인간으로 북돋는 고귀한 감정의 힘은 대개 한계가 있다. 가혹한 위기가 들이닥쳤을 때 덕성을 잃어버리기 쉽다. 대신에 두려움과 이기심, 천박함과 공격성을 꺼내어서 위기에 맞서 악다구니한다. 자신의 바닥에 도사리던 저급한 감정은 지칠 줄 모르고 뿜어진다. 곤경에 처했을 때 그 위기를 넘게 해주는 건 고귀한 가치가 아니라 저급한 가치일 경우가 많다. 저급함은 맹렬한 힘을 갖고 있다.

고상하게 살고 싶더라도 들이닥치는 온갖 시련 속에서 자신의 바람은 흐트러진다. 누구나 살다 보면 자신의 바닥을 보게 된다. 바닥으로 추락할 때 엄청난 고통이 가해진다. 주저앉아 바닥을 보는 일도 괴롭지만, 자신이 이 정도밖에 안 되는 사람이라는 사실을 직면하는 것은 더 괴롭다.

대단한 고난이 아니더라도 자잘한 갈등과 사소한

마찰이 날마다 잠복했다 기습한다. 우아하게 행동하고 싶은데 걸핏하면 부아가 난다. 몇몇 상황은 가까스로 넘기더라도 피로와 우울이 쌓이다 보면 어느 순간 이성의 끈이 툭 끊어진다. 분노를 폭발하고 난 뒤에 자신이 얼마나 가식과 위선 속에서 살아왔는지 몸서리치면서 깨닫는다.

맞닥뜨리는 온갖 고비를 넘어가도 문제이다. 잠깐 숨을 돌리고 살 만해진 거 같을 때 지루함이 찾아온다. 하품과 한숨만이 나오는 지긋지긋한 시간이 한없이 펼쳐지는 것 같다. 오늘과 다를 게 없는 내일을 상상하는 것만으로도 숨이 막힌다.

아무리 맛있는 요리라도 반복해서 먹으면 물린다. 사랑에 빠져 밤낮으로 서로를 탐닉하더라도 계속 침대에 머물 수는 없다. 반복에는 지루함이라는 지독한 무게가 실린다. 반복되는 하루하루를 기쁨과 감사로 맞이하는 사람은 거의 없다. 반복을 견디는 건 너무나 힘겨운데, 일상은 끝없이 반복된다.

우리의 뜻과 어긋나는 인생

　일상의 지루함에서 벗어나고자 사람들은 그동안 하지 않았던 일에 도전한다. 처음에는 설레고 즐겁다. 그런데 새로운 시도를 하더라도 고통은 그다지 줄어들지 않는다. 도리어 계획대로 되지 않아 고통이 더 생길지도 모른다.

　세상살이가 그렇다. 아무리 계획을 꼼꼼히 세우더라도 어긋나기 마련이다. 상황이 달라져 예전의 계획이 소용없게 되는 경우가 수두룩한 데다 예상치 못한 변수 앞에 인생이 송두리째 흔들린다. 갑자기 몸이 아프다. 믿었던 사람에게 배신을 당한다. 돈을 잃어버린다. 회사에서 해고당한다. 차근차근 준비했던 일이 갑작스레 엎어진다. 중요한 약속 자리에 늦는다. 잘해야 한다는 부담감에 의도치 않게 실수를 저지른다. 오랫동안 준비한 일에 최선을 다해 도전했으나 실패한다. 사람마다 정도의 차이가 있을 뿐 시련과 역경이 찾아든다는 건 공통이다. 이리 치이고 저리 채이면서 우리는 어느새 우울한 표정이 된다.

『열자』에는 인생이 얼마나 우리의 뜻과 어긋나는지 담아낸 구절이 나온다. 삶을 소중히 여긴다고 해서 죽지 않은 채 계속 사는 것이 아니고, 몸을 아낀다고 해서 늘 건강할 수 있지도 않으며, 반대로 삶을 천하게 대한다고 해서 일찍 죽는 것도 아니고, 몸을 함부로 굴린다고 해서 약하게 되는 것도 아니라는 대목이다. 『열자』에 실린 말마따나, 인생이란 개인의 의지와 노력만으로 결정되지 않는다. 한 사람의 의지와 노력은 중요하지만, 그것만으로 성공과 행복과 건강이 담보되지 않는다. 착하게 성실히 살아도 인생이 꼬인 사람은 정말 차고 넘친다.

인생이 풀리지 않는 인물로 공자를 손꼽을 수 있다. 현대에도 그 명성과 영향력이 지대한 인물이지만 당대엔 널리 존경받기는커녕 오히려 박해받기까지 했다. 공자를 죽이려고 사람들이 나무를 베어 쓰러뜨린 일도 있었고, 권세가의 위협을 피해 쫓겨 도망가는 일도 있었으며, 두 나라 사이에 껴서 궁지에 몰린 채 포위당한 일도 있었고, 여러 사람에게 모욕이나 굴욕을 겪는 일도 연거푸 겪었다. 자신을 제대로 알아주는 이가 없다는 공자의 탄식이 『논어』에 실려 있다.

공자와 맹자를 재해석하면서 성리학 체계를 집대성한 주자의 삶도 비슷했다. 조선에서는 성리학의 위세가 무시무시했으나 막상 주자의 삶은 평탄치 않았다. 19세에 벼슬길에 올랐으나 뜻을 펼치려다가 좌절되었고, 말년에는 모함을 받아 집 밖을 나가지도 못하는 처지에 놓였다.

사실 공자나 주자는 성공한 인생이다. 수많은 제자를 키워냈고 유교라는 사상을 통해 인류사의 존경받는 스승으로 우뚝 섰다. 그런데 이런 공자마저 한숨을 내쉬면서 신세타령을 했고, 주자 역시 살아생전에 제대로 평가받지 못했다. 공자나 주자도 이러할지니 보통 사람들의 푸념과 볼멘소리는 자연스럽다.

통곡이 절로 나오는 기구한 사연이 세상엔 너무나 많다. 고통에서 몸부림치는 사람들 가운데는 하늘이 미워하는 것처럼 보이는 경우마저 있다. 그들은 너무나 비참하고 비루한 상황에 놓여 있다. 그런데 너무나 큰 불행은 타인에게 공감을 받기보다는 공포나 혐오를 불러일으킨다. 우리는 저 사람이 왜 그런 일을 겪는지 깊게 고민하기를 꺼린다. 손쉽게 그 사람이 그럴 만한 짓을 했으리라고 단정한다. 온갖 수난을 당하는 욥을 보면서 당신이 무슨 잘못을 저질렀으니 그런 고통을 당하는 거라고 나무라는 사람들처럼 말이다. 하지만 인생사의 행과 불행은 개인의 품행과 상관없이 일어날 수 있다. 이건 너무나 불편하지만 우리가 살면서 맞닥뜨릴 수밖에 없는 진실이다.

세상사는 우리의 예상보다 훨씬 복잡하게 전개된다. 선량한 부부 사이에서 태어났으나 얼마 못 살고 죽는 아기도 있고, 누구보다 착실하게 산 사람이 뺑소니 교통사고를 당해 비명횡사하기도 한다. 순박한 사람이 참혹한 고통을 겪을 때 우리의 합리성은 마비된다. 어떤 논리로도 좀처럼 설명되지 않는다. 그래서 어떤 이들은 고통을 겪는 사람이 남모르게 잘못을 저질렀으니 그런 고통을 겪는다고 어림짐작하면서 더 큰 고통을 안겨주기도 한다.

『도덕경』엔 하늘이 왜 미워하는지 누가 알겠느냐는 노자의 한탄이 담겨 있다. 저 사람은 왜 그런 시련을 맞았는지, 왜 나는 이런 곤경을 겪는지 당장 알기가 어렵다. 고통 자체가 고통스러운 게 아니다. 의미를 알 수 없는 고통이 우리를 무너뜨린다. 고통의 무의미를 인간은 견디지 못한다. 자신의 통제권 밖에서 일어나 나의 통제력을 부서뜨리는 무의미한 고통이야말로 무서운 고통이다.

먹고사는 전쟁

나의 통제력을 부서뜨리는 여러 고통 가운데 생계 문제가 있다. 먹고살려면 날마다 고통을 겪으며 수고해야 한다. 한나 아렌트는 삶 그 자체를 송두리째 바꾸지 않고서는 고통과 수고를 인간의 조건에서 제거할 수 없다고 통찰했다.

노동의 기쁨을 이야기하기엔 현실이 빡빡하다. 일과가 끝난 뒤 보람을 느끼는 사람은 드물다. 사회생활을 할 때면 원치 않게 자신을 굽히고, 마음에 없는 소리도 늘어놓을 수밖에 없다. 목구멍이 포도청이다. 먹고사는 문제가 그만큼 무섭다는 뜻이다. 금수저를 물고 태어나지 않았다면 이 세상에 맞춰 자신을 뜯어고치지 않기가 어렵다.

열심히 노력하면 얼마든지 부자가 될 수 있다고 세상은 떠들지만, 대부분 사람은 하루하루 버티는 것도 버겁다. 직장이 없는 사람은 여기저기를 뛰어다닌다. 하지만 괜찮은 일자리는 이미 다른 사람들이 다 차지하고 없다. 회사에 다니는 사람은 사표를 쓰고 홀가분하게 떠나는 상상을 한다. 그러나 그만두지 못한 채 구조조정이 언제 있을지 몰라 안절부절못한다. 비정규직 고용은 너무 많아져 노동자 내부의 하위계급으로 자리매김했을 정도다. 필요할 때만 값싸게 부리고는 계약 기간이 끝나면 쫓겨난다. 수많은 비정규직은 불안정한 여건 속에서 적은 돈을 받으며 하루하루 견딘다.

소상공인은 휴일도 없이 일한다. 새벽부터 밤까지 뼈 빠지게 일해도 손에 쥐는 건 그리 많지 않다. 건물임대료와 물품비 그리고 인건비로 다 빠져나간다. 그나마 가게가 유지되면 다행이다. 적자를 보는 가게가 쌔고 쌨다. 장사가 조금 잘 되는가 싶으면 근처에 경쟁업소가 생긴다. 장사로 대박을 꿈꾸는 사람이 너무 많다. 하지만 창업한 가게 대부분이 머지않아 망한다.

과거보다 현대가 풍족해진 건 분명한 사실이다. 사람마다 형편이 다르더라도 이미 우리는 충분히 많은 걸 가졌다. 그래도 더 많은 걸 원한다. 어떻게든 부유함을 자랑하라는 명령이 내려진 것만 같다. 저마다 부유함을 과장해서 전시하느라 정신없다. 어느새 물질의 풍요를 과시하지 않으면 수치심을 느끼는 지경에 이르렀다.

마르크스는 노동자계급과 자본가계급 사이의 대결을 예언했지만, 실상 노동자계급이든 자본가계급이든 욕망의 포로라는 점에서 똑같다. 소스타인 베블런은 절대빈곤에 시달리는 사람마저도 과시 소비의 유혹을 떨치지 못한다고 지적했다. 비참하고 열악한 생활을 감수하면서라도 최신 상품을 번번이 구매하고 만다. 자신을 뽐내는 경쟁이 너무나 치열하게 벌어지면서 자기 처지에 만족하는 사람은 아무도 없다. 모든 이들이 타인을 부러워하면서 자신을 부끄러워한다.

돈을 벌기는 어렵지만 쓰기는 쉽다. 더구나 소비는 권리를 넘어 강제처럼 되어버렸다. 소비하지 않고는 못 배기는 상황이다. 소비에 따른 빚이 우리를 옭아맨다. 카드로 긁을 때는 좋지만 다음 결제일이 두려워진다. 카드값은 고스란히 부채이다. 카드값만 빚이 아니다. 대출금이 우리를 옥죈다. 낮 동안 바쁘게 일하고는 밤에 잠깐 머물 곳을 마련하고자 은행에서 대출을 받아 평생 이자를 갚는다. 우리가 누리는 많은 것들은 미래에 대가를 치러야 하는 부담이고, 이 부담이 버거워 수많은 사람이 쓰러진다. 그들은 신용불량자라 불린다.

신용만 불량이 아니라 마음도 불량이다. 다들 알 수 없는 공허에 시달린다. 끊임없이 뭔가를 갈망한다. 소유하는 게 많아질수록 사야만 하는 게 더 늘어난다. 현대인은 과거 조상들과 비교할 수 없을 만큼 많은 걸 갖고 있지만, 어느 시대보다 심각한 결핍감에 시달리고 있다. 대중매체를 통해 사치스러운 생활방식이 행복한 인생처럼 포장되어 전파된다. 영상에 나오는 인물들에 대한 동경이 커질수록 자신에 대한 동정과 불만이 커진다. 누구나 세끼 밥을 먹는 건 똑같지만, 부자처럼 먹고 싶다는 욕망으로 세상이라는 맷돌에 자신을 갈아 넣는다. 현대인은 인류역사상 가장 부유하면서 가장 결핍감이 극심한 사람들이다.

세상은 계급전쟁 중이다. 워런 버핏은 말 그대로 계

급전쟁이 존재한다고 선포했다. 자신이 속한 부자계급이 이 전쟁을 먼저 시작했고, 지금 한창 이기는 중이라고 워런 버핏은 발언했다. 계급전쟁이 비밀리에 고강도로 진행 중이다. 수많은 사람이 한순간에 재산을 잃고, 과도하게 일하다 탈진하고, 자살까지 한다.

전쟁 중이라 부자들도 고통받는다. 과거의 귀족계층은 한가하게 노닐었는데 요새 부유층은 정신없이 바쁘다. 아무리 돈이 많아도 현재에 만족하지 못한 채 더 많은 돈을 벌고자 기진맥진할 때까지 돈을 굴린다. 더 크게 성공하고자 피로하고, 누군가 자신의 재산을 노릴까 봐 불안해하며 사람들을 의심한다. 돈이 없는 지역도 고통스럽지만, 돈이 몰려있는 곳도 고통스럽다. 부유한 동네일수록 정신과 치료가 불야성을 이룬다.

불평불만

고통과 소음은 긴밀하게 이어진다. 귀를 쫑긋 세우면 누가 고통받는지 금세 알 수 있다. 고통받는 사람은 소음을 일으킨다. 자신이 받는 고통을 어떻게든 바깥으로 내보내려 한다. 불평불만을 하는 것이다.

불평불만을 늘어놓으면 잠깐이라도 기분이 나아진다. 그렇다고 근본의 원인이 해결되지 않으니 불행한 상태는 그대로다. 다시 불평하게 된다. 불평불만이란 자신이 고통받는 사람이라는 자백이자 타인에게 자신의 고통을 전염시키는 기침이다.

너무나 많은 사람이 불평불만을 습관처럼 한다. 불행하기에 그렇다. 불행은 껌처럼 사람들에게 들러붙어 있다. 고통받는 사람은 타인을 괴롭히거나 동정심을 얻으면서 자신의 고통을 덜어내려 한다. 불평불만을 늘어놓는 건 내면에 쌓이는 분노의 폭탄을 미리 밖으로 빼내는 행위이다. 불평불만을 하면 기분이 나아진다. 우리는 불행의 고통을 줄이고자 자신의 불행을 토로한다. 문제는 이런 순기능이 있더라도 불평불만은 그 자체로 고통이라는 사실이다. 삶 자체도 고통스러운데, 불평불만이 고통스러운 습관이 되면서 삶이 더 고통스러워진다.

우리는 어떤 문제가 있어서 불평불만을 하는 게 아니다. 특정한 문제만 해결되면 불평불만이 사라질 것 같지만 그렇지 않다. 골치 아픈 일이 해결되더라도 또 다른 불평불만이 불거진다. 불평불만이란 온전치 못한 자신의 상태에 대한 실토이다.

그렇다면 불평불만을 구조신호의 일종으로 해석해도 좋을 것이다. 나의 인생이 구멍이 난 배처럼 고통의 바다를 헤매고 있으며 결국엔 침몰할 거라는 불길한 전조가 불평불만이다. 좌초하기 전에 자신도 모르게 켜는 적색등이 불평불만이다. 끊임없이 불평불만만 늘어놓는 사람은 결국 불행의 수렁 속에서 허우적거리다가 고통스럽게 이 세상을 떠난다.

다행히 구조요청을 알아듣고 누군가 도와줄지도 모른다. 인간은 누군가 뛰어들어 자신을 건져주기를 바란다. 구원자에 대한 환상과 기대가 불평불만 속에 은밀하게 숨어 있다.

불평불만은 구애의 변종으로 기능하기도 한다. 불평불만을 들어주는 사람이 곁에 있을 때 마음이 개운해진다. 그 사람 덕분에 나의 고통이 줄어든다. 누군가의 불평불만을 들어주는 건 그 사람을 짓누르던 고통을 덜어주는 행위이다. 타인에게 귀 기울이는 일이야말로 사랑의 고요한 표현이다. 사랑이 있어야만 타인의 고통을 오롯이 경청할 수 있다. 얼마나 귀 기울여 듣는지를 통해 상대가 나를 사랑하는지 아닌지 가늠할 수 있다. 그렇다면 불평불만이 상대의 애정을 감별하는 셈이다. 나를 고통에서 건져주는 사랑을 찾고자 수많은 사람이 오늘도 불평불만을 발사한다. 나 고통스럽다고, 도와달라고, 나를 살려달라고. 사랑해달라고.

그런데 불평불만을 계속 들어주는 건 너무나 괴로운 일이다. 나의 불평불만에 호응하던 가족이나 친구의 마음에 서서히 불평불만이 생기게 된다. 타인의 고통을 정성껏 들어주려고 해도 조금씩 시큰둥해진다. 마치 너무나 긴 세월 동안 처참한 시신을 부검한 의사와 비슷해진다. 불평불만을 끊임없이 해대는 사람은 자기 주변 사람들을 무덤덤해진 부검의처럼 만들어버린다.

불평불만을 하다 보면 어느새 가족이나 애인에게도 호소하지 못하는 상황에 놓인다. 나의 불평불만을 들어주는 사람이 없어진 것이다. 아무도 나의 고통을 알아주지 않을 때만큼 고통스러운 일도 없다. 고통을 알아주지 않는 사람들이 미워지면서 더욱더 고통스러워진다.

타인에 대한 험담

우리의 마음을 들여다보면 타인에 대한 불만과 원망이 한가득하다. 부모와 친구, 직장동료와 상사, 이웃과 애인에 이르기까지 섭섭함과 서운함이 도사린다. 시간이 지난다고 원망이 눈 녹듯 사라지지 않는다. 쌓인 폭발물처럼 언젠가 터져 나온다.

우리는 타인을 쉽사리 판단하고 매섭게 비평한다. 타인을 핀잔하고 흉보는 일은 인간의 오래된 고질병이다. 그 사람을 탓한다고 자신의 고통이 해소되지 않는데도 우리는 원망을 멈추지 못한다.

타인을 탓할 만반의 자세가 우리 마음에 갖춰져 있다. 타인에게 조금이라도 피해를 받을까 봐 방어하고, 타인을 의심하고 경계한다. 당연히 타인과 원만하게 지내기 어렵다. 우리는 타인에 대한 수용력이 매우 낮다. 웬만해서는 자신의 마음에 흡족한 상대를 찾기 어렵다. 어떻게든 작은 꼬투리라도 찾아낸다. 말투가 거슬리고, 옷이 꼴불견이고, 행동이 탐탁잖다. 우리는 자신에게는 지극히 관대하면서도 타인에게는 몹시 까다로운 이중적인 심사관이다.

게다가 우리는 타인을 통제하려 든다. 마음에 들지 않는 상대를 자신의 방식대로 고치려 든다. 상대도 마찬가지다. 상대에겐 내가 마뜩잖다. 상대도 나를 자신에게 맞추려 한다. 충돌은 필연처럼 발생한다. 서로서로 힘겨루기를 벌이고, 욕하면서 드잡이하는 풍경이 세계 곳곳에서 펼쳐진다.

우리의 입에 오르내리는 말 가운데 상당수는 타인에 대한 험담이다. 혀라는 칼과 치아라는 망치로 누군가를 잘근잘근 자르고 씹는다. 뒷담화는 중독성이 있다. 타인을 깔보고 깔아뭉개면 쾌락이 발생한다. 이것이 저열한 쾌락이라는 걸 알아도 도저히 멈추기가 어렵다. 스트레스를 받는 날이면 어떻게든 자신이 받은 고통을 전가할 상대를 물색한다. 끼리끼리 모여 비난의 화살을 퍼부어야 직성이 풀린다. 누군가의 흉을 보면서 친해지기도 한다. 다른 사람을 깎아내릴 때 맞장구를 쳐주지 않으면 모임에서 배척당한다.

누군가를 실컷 헐뜯고 나면 꽉 막혔던 기분이 풀리는 것 같다가도 더 큰 불안이 엄습한다. 자신의 행동이 정당하지 않다는 양심의 가책이 생겨나는 데다 자신도 언제든지 사람들 도마 위에 올라가 난도질당할 수 있다는 자각이 생겨나기에 그렇다. 실제로 사람들이 자신을 두고 수군거렸다는 얘기를 건너 듣고, 동료들이 자신을 은근히 따돌리는 것처럼 느껴지며, 친하다고 여기던 지인들이 나만 빼고 모였다는 소식을 뒤늦게 알게 된다. 어쩌면 별거 아니지만, 이루 말할 수 없는 고통이 치밀어오른다. 인간관계가 좋다고 여긴 착각이 박살 난다.

구설수가 없길 바라며 가면을 쓰고 처신하면 속이 짓무른다. 겉과 속이 딴판이라 괴롭기 그지없다. 이래저래 괴로운 세상살이다 보니 타인의 눈치를 보면서 쭈뼛거린다. 그러다 어느새 제대로 살아보지도 못한 채 늙어버린다.

노화와 질병

거울에 비친 모습이 낯설다. 여전히 마음은 이팔청춘인데 나라고 믿을 수 없는 사람이 거울에 있다. 쭈글쭈글 주름진 얼굴이 나를 바라본다. 뭔가 억울하고, 이상하고, 괴롭다. 언제 이렇게 나이를 먹었는지 어이가 없을 정도다. 팍 삭아버린 얼굴은 그 자체로 고통의 증거이다. 궁극적 악은 시간이 끊임없이 소멸한다는 사실에 있다고 화이트헤드는 얘기했다. 모든 것이 시간 속에서 제거되고 은폐된다. 우리의 청춘과 건강도 사라진다.

우리의 몸은 풍화한다. 뽀얗게 탱탱했던 피부는 거칠게 쪼그라든다. 반짝이던 눈빛은 퀭해지고, 시야가 흐려져 눈을 비비는 일이 잦아진다. 소리가 잘 들리지 않거나 잘못 듣는 경우가 늘어난다. 치아에 금이 가서 시리고 잇몸에서는 피가 난다. 입술은 부르트고 갈라진다. 입꼬리는 축 처진다. 탄탄한 근육은 줄어들고 팔자주름은 짙어진다. 머리카락은 가늘어지고 빠진다. 소화력이 떨어지면서 조금만 먹어도 속이 더부룩하다. 가볍게 부딪쳐도 살이 까지면서 피가 나고, 작은 상처도 흉이 진다. 몸에서 냄새가 나는 데도 알아채지 못한다. 잘 씻어도 여기저기가 가렵다. 화장실에 가서도 시원하게 일을 보기 어렵다. 괄약근도 느슨해져서 실례하는 경우가 생긴다. 몸의 균형을 잡기가 어려워 비틀거리는 일이 잦아진다. 어깨가 결리고 팔은 저린다. 뼈마디가 쑤

시고 무릎은 시큰거린다. 허리는 휘거나 굽어진다. 조금만 무리해도 근육이 욱신거린다. 살짝 뛰었는데 숨이 가쁘고, 심장에도 통증이 느껴진다. 밤에는 도통 잠이 오지 않고 잠을 자도 잔 것 같지 않다. 늘 피곤하다. 몸져눕는 날도 자주 생긴다. 노화되면서 신체의 건강이 깨져나가는 것이다. 세월 속에서 몸이 허물어져 내린다.

인지능력도 감퇴한다. 새로운 걸 배우기가 어려워진다. 불 위에 음식을 올려놓고 잊어버려서 태우는 일이 벌어진다. 해야 할 일을 깜박깜박한다. 누군가를 우연히 오랜만에 봤을 때 이름이 떠오르지 않는다. 고유명사가 단박에 생각나지 않는다. 인터넷 사이트의 비밀번호가 헷갈리고, 자신과 가까운 사람들의 생일이 가물가물해진다. 오늘이 몇월 며칠인지 떠오르지 않는다. 뒤늦게 달력을 보면서 시간이 언제 이렇게 지나갔느냐며 멋쩍은 표정을 짓는다. 삶을 돌이켜보면 도둑맞은 것처럼 군데군데 뻥 뚫린다.

노화뿐만 아니라 갖가지 질병이 우리를 괴롭힌다. 철마다 찾아오는 감기뿐만 아니라 이름도 들어보지 못한 병환이 발생한다. 전염병도 심심찮게 나타나 우리를 강타한다. 혼자서 조심한다고 완벽하게 방어할 수도 없다. 자신의 노력과 상관없이 수많은 병마가 생명과 건강을 앗아간다. 큰 병은 치료가 쉽지 않은 데다 오래 투병하면 병원비로 집안 기둥이 흔들린다. 병원마다 환자들로 가득하고, 병실은 신음과 한숨으로 들끓는다. 병에 걸리지 않기를 다들 바라지만, 병치레하지 않고 삶을 무사히 건너기란 쉽지 않은 일이다.

지병이 없는 사람이 없다. 살다 보면 고혈압이나 당뇨병이나 우울증 같은 이상증세는 마치 자연스러운 동반자처럼 된다. 사람들은 고통 속에서 여러 약물을 복용하고, 몸에 좋다는 것들을 챙겨 먹는다. 그래도 몸은 탈이 나고, 결국 쓰러진다. 살아간다는 건 고통을 헤쳐 간다는 뜻이라기보다는 고통이 자신을 해치는 걸 힘겹게 견딘다는 뜻이다.

마음을 다쳐서 마음의 문이 닫힌 사람들

흔히들 일정한 나이가 되면 꺾인다는 표현을 사용

한다. 노화가 급격히 진행되어서 잎이 지고 꽃이 꺾이 듯 몸도 꺾이는 일이 생긴다. 그런데 정말 무섭게 꺾이는 건 마음이다. 삶에 들이닥치는 풍파에 나부끼던 마음은 어느 날 우지끈 꺾이면서 부서진다. 부서진 마음의 사금파리들이 일상 곳곳에 박힌다.

몸을 다치면 치료받을 수 있다. 이웃과 국가에서 도와준다. 반면에 꺾인 마음은 치료가 어려울 뿐만 아니라 도움받기도 어렵다. 그 누구도 어떻게 해야 마음이 나을 수 있을지 알지 못한다. 몸이 아픈 사람은 쉽게 눈에 띄기라도 하는데, 마음이 아픈 사람은 좀처럼 알아채기 어렵다. 마음을 다친 사람의 주변인들도 마음이 아프기에 타인의 마음 상태를 헤아릴 여력이 없다.

마음을 다쳐서 마음의 문이 닫힌 이들이 너무나 많다. 마음마다 멍 자국이 수두룩하다. 마음이 갈가리 찢긴 사람도 드물지 않다. 풋풋하고 생생한 마음이 삶 속에서 깎이고 꺾인 것이다. 고통에 부닥치면서 갉히고 닳아진다. 흠과 흉이 생긴 마음은 고장을 일으킨다. 부적절하게 반응하고, 세상을 왜곡되게 바라본다. 고통받아서 망가진 마음은 삶을 더 망가뜨린다.

자신의 마음에 문제가 있음을 직시하기란 생각보다 어렵다. 우리는 자신이 멀쩡하다고 과신하다가 별일 아닌 것에 흥분하며 후회할 짓을 반복하면서 상처를 또 만든다. 자신의 무의식에 쌓인 응어리들은 시간이 흐른다고 풀어지지 않는다.

마음에 상처가 난 사람은 자기 혼자만 고통의 수렁으로 들어가지 않는다. 자신의 주위를 쑥대밭으로 만든다. 건강하지 못한 관계방식을 반복해서 한다. 불행을 스스로 불러들이는 셈이다. 이러면 안 되는 줄 알면서도 기어코 욕망하고 저질러버린다. 그 누구에게도 도움이 안 될뿐더러 자기 삶을 깎아 먹을 게 빤한데도 누군가에게 빠져들고 매달린다. 후회의 나락 앞에서 거꾸러지기를 되풀이하면서 인생을 탕진한다.

무의식 깊숙이에 있는 바다

고통은 단지 지금의 우리만 겪는 건 아니다. 인류의 조상들 역시 비슷했다. 수십만 년 동안 들판에서 과일을 따고 짐승을 사냥하다가 불과 만 년 전에 농경을 시

79

작한 호모 사피엔스가 이토록 놀라운 문명을 일구었다.

얻는 게 있으면 잃는 게 있기 마련이다. 그들은 우리에게 지능과 사회성과 문화를 남기는 동시에 그들이 겪었던 불안과 공포를 물려주었다. 그 결과 우리는 늘 근심하며 안절부절못한다.

우리의 무의식 깊숙이에는 바다가 펼쳐져 있다. 거기엔 모든 것이 모여있다. 살면서 겪은 고통이 무의식의 바다로 흘러 들어가 고인다. 인생을 돌아보면서 우리는 울컥하게 된다. 지나간 일인 줄 알았으나 그때 그 상처와 부서진 마음은 크게 달라지지 않았다는 것도 깨닫는다.

그런데 무의식에는 살면서 겪은 고통만 있지 않다. 무의식의 깊숙이에는 생명체가 진화하면서 겪은 불안과 공포가 침전되어 있다. 지구에서 여러 생명체는 갖가지 고난을 이겨내면서 진화했는데, 그 과정에서 습득한 특성이 본능으로 대물림된다. 우리는 여느 생명체들이 그러하듯 불안하다. 생명의 조상들이 헤쳐 온 놀라운 여정 끝에 인간으로 태어나 사는 만큼 대가를 치러야 한다.

생명의 선조들이 겪었던 고통은 사라지지 않고 우리의 무의식 깊숙이에서 작용한다. 선조들에게 세상이란 설렘과 호기심의 대상만은 아니었다. 불확실한 공포로 들끓는 장소였다. 자칫하다가는 금방 목숨을 잃었다. 자신이 누구인지 탐구할 여력이 없었다. 우선 살아남아야 했다. 낯선 것들이 가득한 곳에서 생명체들은 어떻게든 적응하며 생존해야 했다.

인류의 조상도 비슷했다. 자연에 경이를 느끼는 동시에 두려움을 느꼈다. 게다가 인간들은 서로가 서로를 경계할 수밖에 없었다. 인간에게 가장 위험한 적은 호랑이나 독거미가 아니었다. 바로 인간이었다. 인류의 선조들은 자연에 맞서 삶을 이어나가는 가운데 타인들이 가하는 위협에 맞서 목숨을 지켜야 했다. 바로 이러한 필요성으로 말미암아 문명이 발달했다.

인생은 고통스럽고 인간은 연약하다

인간의 문명이란 자연으로부터 보호와 함께 인간관계의 갈등 해결을 목적으로 만들어졌다고 프로이트는 주장했다. 자연의 위협으로부터 안전을 도모하고 인간 관계를 조정하면서 인류문명이 형성되었다는 것이 프로이트의 이론이다. 누구나 알고 있듯 인생은 너무 많은 고통과 실망과 과제를 안겨주어 너무 힘들다고 프로이트는 설명했다.

인간은 고통을 줄이려고 안간힘을 쓰게 된다. 줄여줄 수 없다면 잠시나마 완화하려고 애쓴다. 이것이 문명발달의 힘이다. 문명은 고통을 덜어내는 방향으로 발전해왔다. 프로이트에 따르면, 잠시라도 고통을 누그러뜨리는 수단이 세 가지 있다.

첫째, 우리의 관심을 다른 데로 돌려서 고통을 가볍게 생각하도록 만드는 강력한 편향이 있다. 우리는 인생의 고통을 직시하지 못한다. 너무나 괴롭기에 그렇다. 우리는 다른 데로 관심을 돌리면서 현실의 고통을 잠깐이라도 잊거나 외면한다. 그래야 살 수 있다.

둘째, 대리 만족이 있다. 삶에서 원하는 게 이뤄지지 않더라도 여러 방식을 통해 만족을 얻는다. 잘생기고 예쁜 연예인을 좋아하면서 그들과 연애하는 상상을 하고, 성공한 유명인사의 이야기를 들으면서 나도 할 수 있다고 다짐하고, 게임에 빠져 시궁창 같은 현실을 잊고, 너무나 처참하게 고통받는 사람들의 소식을 들으면서 그나마 다행이라는 위안을 얻는다. 대리만족이다. 대리만족은 삶의 고통을 줄여준다.

셋째, 고통을 무감각하게 만드는 마취제다. 온갖 향정신성 물질을 인간은 섭취한다. 그래야만 고통을 덜 느낄 수 있기에 그렇다. 왜 전 세계에서 사람들이 술을 마시고, 담배를 피우고, 갖가지 약을 하겠는가? 그 원인은 하나다. 삶이 고통스러우니까.

인생은 고통스럽고 인간은 연약하다. 삶에 들이닥친 고통을 묵묵히 견뎌내는 건 어렵다. 고통의 파도에 허우적거리며 지푸라기라도 잡으려고 발버둥을 친다. 그것이 우리네 삶의 모습이다. 그렇지만 고통을 잊으려고 버둥거리는 우리를 아주 무서운 고통이 덮친다. 죽음이다.

죽음이 우리를 찾고 있다

때때로 일찍 죽는 게 복은 아닐까 생각이 들 만큼

삶은 고통스럽다. 인간이 100년을 산다고 할 때 100년의 삶을 아름답게 빚어내는 사람은 극히 드물다. 물론 100살까지 사는 사람은 그리 많지 않은 데다 100년을 건강하게 지내는 건 호락호락한 일이 아니다. 장수가 복이 될 수 있지만 기나긴 형벌이 될 수도 있다.

100년을 살든 1년을 살든 인생의 상당한 기간은 자신이 감당하기 어려운 고통으로 점철되어 있다. 아이일 때는 자신이 누구이고 뭘 잘하는지 몰랐고, 나이가 들어서는 힘에 부쳐서 하고 싶은 걸 하기 어렵다. 청년과 중년들도 제대로 살기는 쉽지 않다. 자기 뜻을 이루기 위해 쓸 수 있는 시간마저 별로 없다. 밤이면 자야 하고, 한낮에도 이것저것 할 게 많다. 먹고, 마시고, 싸고, 씻고, 옷을 입고 벗으며, 장소를 이동하는 데 사용하는 시간을 모으면 굉장한 분량이다. 여유가 생기더라도 어영부영 보내는 시간이 상당한 데다 아프고 슬프고 우울해서 주저앉아 있는 시간도 꽤 있다. 건강하게 깨어있는 시간은 생각보다 짧다. 대부분 사람은 자신의 인생을 돌아보면서 후회한다. 인생을 잘 살고자 각오했을 때는 이미 꽤 늦었다. 자신에게 주어진 시간을 온전하게 활용하는 사람은 별로 없다. 우리는 인생을 얼렁뚱땅 흘려보낸다.

죽음의 벼랑 앞에 서 있을 때야 인생이 너무나 짧은데다 자신에게 주어진 기회를 놓쳤다는 걸 가슴 저리게 깨닫는다. 청춘은 금세 바스러진다. 자신에게 더 많은 시간이 있으리란 기대는 속절없이 부서진다. 달력을 넘길 때마다 질겁하게 된다. 나이를 먹을수록 시간의 속도는 더 빨라진다. 인생은 흩날리듯 사라져버린다. 죽음이 우리를 낚아챈다.

잘살아 보고자 미래를 계획하는데, 앞날을 생각하다 보면 섬뜩한 것을 생각할 수밖에 없다. 죽음이다. 죽음이 우리를 찾고 있다. 사람은 죽음을 두려워하고, 무의식중에 죽음과 가까워지는 걸 불안해한다. 그렇지만 죽음으로부터 달아날 수 없다. 어떻게 살았든 죽음은 상관치 않고 때가 되면 모조리 데려간다.

우리는 본능적으로 살려고 한다. 죽음을 외면하려 노력한다. 하지만 죽음은 우리 삶에서 계속 일어난다. 사고나 자연재해로 사람들이 죽었다는 소식이 매일 전해진다. 가까운 사람의 부고가 전해진다. 죽음은 소중한 사람을 무자비하게 빼앗아간다. 그리고 나를 덮친다.

죽을 때가 며칠 뒤인지 먼 훗날일지 알 수는 없다. 언제 죽을지는 불확실해도 한 가지 확실한 건 죽음이 나를 기다린다는 사실이다. 죽음을 피할 수 없다는 건 생명의 변함없는 조건이다. 우리는 모두 시한부 판정을 받은 환자들이다.

고통 속에서 태어나 고통을 겪으면서 살다가 죽음이라는 고통을 맞이한다. 도대체 왜 사는지도 모른 채 고통에 시달리다가 죽어버린다. 허망하고 황당하다. 이것이 우리가 마주하고 싶지 않은 삶의 실체다. 인생이 비극이라는 진실 앞에 숨이 막힌다.

사회변화를 한다고 해서 고통 자체가 없어질 수는 없다

그동안 한국은 너무 앞만 보고 달려왔다. 한국만이 아니다. 인류문명은 계몽과 진보라는 믿음으로 줄달음쳐 21세기까지 내달렸다. 그 덕분에 많은 것을 이룩했다. 그렇지만 발전이라는 명분에 치여 소중한 것들을 잃어버리고 잊어버리면서 엄청난 아픔이 생겼는데, 여태껏 외면해 왔다. 그 억압된 것이 튀어나오고 있다. 감춰둔 것이 터져버린다.

과거를 상실하면서 생겨난 고통에 더해 현대사회가 새로운 고통을 생산한다. 이반 일리치는 현대에 늘어나는 모든 고통은 인간이 만들어냈으며, 산업문명의 부작용이라고 진단했다. 현대인으로 사는 일은 너무나 고통스러우나, 고통으로 타격받는 사람들이 사회를 저주하지 않도록 진통제들을 부여한다고 이반 일리치는 분석했다. 진통제란 사람들을 무감각하게 해주지만 고통의 근원을 바라보지 못하게 막는다. 사람들은 온갖 약을 먹고, 수많은 병원을 드나들며, 술과 담배를 하고, 쇼핑과 유흥에 빠지며, TV와 스마트폰을 들여다보면서 현대사회의 고통을 견딘다.

사회변화가 필요하다. 더욱 평등하게 사회가 구성되고, 복지체계가 더 촘촘하면서도 실용적으로 갖춰지고, 사람들 사이의 연대가 잘 이뤄지면 고통이 분명 줄어들 것이다. 불평등이 심하면 가진 자도 불안하고, 못가진 자는 분노하면서 수치심에 시달린다. 불평등이 심각할수록 그 안에서 살아가는 사람들의 고통은 커진다.

그런데 평등한 사회구조로 개혁한다고 해서 고통 자체가 없어질 수는 없다. 사회발전과 무관하게 감내해야 하는 고통이 엄연히 있다. 고뇌가 외부로부터 흘러드는 게 아니라 우리 마음에 마르지 않는 고뇌의 샘이 있는데, 우리는 이러한 진실에 대체로 눈을 감는다고 쇼펜하우어는 지적했다. 우리는 자신의 상황이 여의치 않거나 바라는 게 이뤄지지 않아 고통스럽다고 여기는데, 그렇지 않다. 상황이 좋더라도 머리가 지끈지끈할 일은 많고, 바라는 게 몽땅 이뤄져도 새로운 번민이 찾아든다. 고통의 원인은 외부에 있지 않다. 우리의 이기심이 고통을 만들어낸다. 좀처럼 만족하지 못하고 끊임없이 욕망하는 이기심이 고통의 원흉이다.

고통의 많은 부분은 자초한 결과이다. 욕망이 우리의 행동을 좌지우지하고, 그 행동들로 일상이 구성되며, 그렇게 구성된 일상 속으로 고통이 켜켜이 쌓인다. 그렇다면 고통에서 벗어나기 위해서라도 자신의 욕망을 탐사하면서 바꿔야 하는데, 이런 작업을 하는 사람은 거의 없다.

행동과 신념을 빚어내는 무의식의 욕망을 뒤적이면

성찰되지 않은 채 내면에 웅크리고 있는 것들이 많다. '나는 특별하다', '성공해야 한다', '착한 사람이 되어야 한다' 등등의 생각이 마치 우주의 법칙이나 되는 것처럼 깊숙이 박혀 있다. 우리의 마음을 살피면 별의별 욕망이 튀어나온다. '강해져야 한다', '경쟁해서 이겨야 한다', '독립성이 중요하다', '남에게 기대면 안 된다' 등등은 언제 들어왔는지 모르지만, 완고히 자리 잡고는 힘을 발휘하는 욕망이다.

이런 욕망은 꼭 개인이 만들어낸 건 아니다. 인류의 오랜 역사 속에서 무의식화되어 전승되는 것이자 개인 차원과 사회 차원이 교차하면서 생겨난 결과물이다. 일상에서 보고 듣고 겪게 된 경험들이 응축되어 일종의 관념으로 형성되어 마음에 똬리를 틀었다. 스스로 사유할 힘이 없는 어린 시절엔 특정한 세계관을 내면화할 수밖에 없다. 부모와 교사의 가르침을 곧이곧대로 믿고, 세상을 지배하는 신앙이 주입된다. 우리는 남들과 비슷하게 특정한 욕망을 신봉한다.

사회에서 생겨나는 고통에 들볶이는 가운데 우리는 사람이라면 겪을 수밖에 없는 이기심의 고통에 시달린다. 문명이 지금보다 훨씬 발달하더라도 이기심이 자아내는 고통 자체를 없앨 수 없다. 그렇다면 고통이야말로 인생의 줄거리이고, 자기 자신을 돌아보는 기회이자 진리로 이끄는 현상이다. 우리는 고통 덕분에 인생을 탐구하기 시작한다. 그리고 자기 자신이 오랫동안 추구한 욕망의 결과로서 고통이 산출되었다는 걸 알게 된다.

나의 고통은 순전히 나의 탓만은 아니다. 세상 탓도 있다. 하지만 세상이 바뀌어 고통이 사라지길 기다리는 건 너무나 어리석은 일이다. 먼저 나 자신부터 고통에서 해방되어야 한다.

미래를 바꾸는 일

고통 속에서 우리는 멈춰 선다. 내달릴 때는 저 멀리 앞만 볼 수 있을 뿐, 자신이 어떤 상태인지 옆 사람의 마음은 어떤지 풍경은 어떤지 알지 못한다. 달음박질치던 우리가 드디어 발 구르기를 늦춘다. 가쁜 숨을 몰아쉬며 두리번거리기 시작한다.

내가 서 있는 곳, 내 생각, 내 욕망에 의문이 생긴다.

나에게 문제가 있다는 것을 절절히 깨닫는 것만큼 괴로운 일이 없다. 내가 살아가는 시공간, 이 나라의 역사, 인류의 경제정치가 뒤틀려있다. 그렇지만 이런 끔찍함을 맞닥뜨리지 않고 피하기만 한다면 나의 아픔은 고질이 되고 불치가 된다.

현재 자신의 처지가 남들이 보기에 괜찮을 수 있다. 거주하는 공간도 쾌적하고, 통장의 잔고도 두둑하며, 생활 형편도 넉넉하고, 가족관계도 원만하며, 사회생활도 탄탄대로일 수 있다. 그러나 문제가 없어도 삶이 고통스럽다는 건 변하지 않는다. 저강도의 고통이 날마다 이어진다. 열정이 사라진 지 오래다. 마음의 불꽃이 켜지지 않은 채 하루를 하릴없이 보낸 뒤 밤이면 근심이 밀려든다. 앞날에 대한 희망은 딱히 없는 가운데 죄책감과 후회만이 가슴에 옹이처럼 박혀 있다. 용기를 내지 못한 상황과 하지 못한 일들이 회한으로 남아 있고, 앞날에 무슨 일이 생길지 모른다는 불안이 가슴을 짓누른다.

고통의 원인을 찾아내 고치고 변화시켜야 할 텐데, 막상 고통의 원인을 찾아내려는 생각조차 하지 못한다. 고통을 마주하고 공부하라는 얘기를 들어본 적이 없기 때문이다. 과거가 삶을 결정하지 않고 미래가 열려 있다는 사실을 알려주면서 더 나은 삶을 살 수 있도록 북돋는 문화가 갖춰지지 않았다. 시련에 대항해 싸우고 고통의 원인에 손대면서 운명을 바꾸는 일을 감히 꿈꾸지 못한다. 우리는 슬픈 운명대로 살아가도록 방치된다. 세상은 그저 안타까워하면서 고통을 당한 이들이 망가지는 걸 안쓰럽게 바라만 본다. 과거에 부모의 사랑을 받지 못하거나 학업 성취도가 뛰어나지 않았던 사람은 나중에 별 볼 일 없을 거라는 편견 어린 시선을 받게 되고, 그 지레짐작은 슬프게도 들어맞는다.

불행한 예상이 빗나가게 하려면, 고통의 반복을 막으려면, 자신이 처한 상황에 굴복하지 않으려면 공부를 해야 한다. 공부를 통해 자신의 어두운 상처들을 새롭게 이해할 때 그 상처는 인생의 줄거리에 통합되고 성숙의 밑거름이 된다. 자신을 괴롭히는 문제들을 지우고 피하는 것이 아니라 그 문제를 자기 삶의 중심에 두고 활동할 때 지혜로워진다. 내가 살면서 자꾸만 부딪히는 문제를 새로운 방식으로 대응할 때 자유로워진다.

기존에 깔린 선로를 바꾸기는 쉽지 않다. 그렇다고 우리의 삶이 기존의 선로를 계속 따를 필요는 없다. 인생은 정해져 있지 않다. 선로를 바꿀 수 있다. 샛길로 빠질 수 있다. 새로운 길을 개척할 수 있다. 과거가 나를 결정하지 않는다. 마음만 바꾸면 변화가 일어난다. 기존에 깔린 선로대로 기차가 가기 쉽듯 살아왔던 관성대로 살아가게 되지만, 미래는 바뀔 수 있다. 미래를 바꾸는 일을 우리는 공부라고 부른다.

자신의 허물을 인정

공부란 과거의 연속으로서 현재를 사는 게 아니라 새로운 미래를 향해 선로를 까는 일이다. 공부는 과거에 새로운 의미를 부여하면서 새로운 노선을 개척한다. 여태껏 과거에 형성된 감정과 생각들이 깔아놓은 철도대로 인생이라는 열차가 달려야 했다면, 공부하는 순간부터 조금씩 자신이 원하는 방향으로 길을 낸다. 인간과 세상을 새롭게 인식하면서 이전과는 사뭇 다르게 반응한다. 우리가 꿈꿔야 하는 희망은 바로 이것이다.

삶의 희망은 텅 빈 주머니를 채워주는 돈이 아니라 텅 빈 가슴을 채워주는 지혜에서 생겨난다. 그래서 미국의 인문학자 얼 쇼리스는 가난하고 배우지 못한 사람들을 위해 강좌를 개설했다. 인문학은 삶이란 어때야 하고 인간이란 무엇인지 고민하게 도우면서 진정한 부유함을 선사해준다.

분노로 내면이 얼룩져 말썽을 쉴 새 없이 일으키던 사람이 인문학을 교육받고 직장에 들어갔을 때다. 직장에서 문제가 생겼다며 그 사람은 전화를 걸었다. 얼 쇼리스는 그의 어조나 전화를 건 시간을 미루어 봤을 때 아무래도 불길한 소식일 것 같아 불안에 휩싸였다. 전화한 사람은 얼마나 열이 받던지 상대를 벽에다가 내치고 싶었다고 얘기하면서 누가 자신을 진정시켜 달라고 요청하려고 했는데 주위엔 아무도 없는 상황이었다고 털어놓았다. 경찰서나 교도소에서 전화를 건 게 아닐까 걱정하면서 얼 쇼리스는 그래서 어떻게 했느냐고 물었다. 그러자 그 사람은 이렇게 대답했다. "소크라테스라면 이 상황에서 어떻게 했을까?"

얼 쇼리스는 인문학 공부를 통해 이전과 달라진 확

실한 사례라면서 이 얘기를 들려준다. 폭력을 저지르고 사회 밑바닥으로 추락했던 사람이 인문학 공부를 통해 과거처럼 분노를 토해내지 않고, 다른 선택을 할 수 있게 된 것이다.

진짜로 자신이 달라지기를 바란다면 공부가 필수이다. 공부하면 시야가 넓어지고 지혜가 생긴다. 공부하는 일상의 변화가 낯설 수도 있는데, 변화란 살면서 피할 수 없는 과정이고 힘들면서도 즐거운 일이다. 일상에서 공부하는 변화가 일어나야만 진정한 치유가 이뤄진다.

무지한 사람은 시간의 흐름 속에서 자신이 변화한다는 걸 고려하지 못한다면 지혜로운 사람은 변화를 긍정하면서 내면의 잠재성을 가꾼다. 시간의 흐름 속에서 모든 것이 달라진다. 그렇다면 자기 자신을 현재 모습으로 단정하지 말고 앞으로 펼쳐질 미래 속에서 어떻게 달라질 수 있을지 상상할 필요가 있다. 이러한 상상을 머금고 우리의 지혜가 무르익는다.

좀처럼 변화하지 않는 것 같더라도 우리는 끝없이 달라지는 존재다. 변하고 있다는 걸 자각하고, 변화의 속도와 양상을 조절하고 선택하면서 자기 자신을 자랑스럽고 사랑스럽게 만드는 것이 공부이다.

공부의 필요성을 절절히 깨달으려면 자신의 허물을 인정해야 한다. 참회란 자신이 지은 허물을 뉘우쳐 다시는 반복하지 않겠다고 마음을 다잡는 일이라고 서산대사는 얘기했다. 더 이상 자신에게 부끄럽지 않도록 변화를 꾀하면서 반복되는 문제를 끊어내는 일이 공부다. 공부하기 전까진 자신에게 무엇이 모자라는지 잘 모른다. 잠에서 깨어난 뒤에야 꿈이었다는 걸 알 수 있다. 배우고 나서야 비로소 부족함을 깨닫는다. 자신에게 당당하고 싶을 때, 진정으로 나를 사랑하고 싶을 때 공부에 몰두하게 된다.

시련과 역경 속에서 우리는 살아간다. 그렇다고 괴로워만 할 수 없다. 그 안에서 기쁨과 행복을 빚어내야 한다. 울면서 태어나 웃으면서 죽는 것이 우리 삶의 과제이다. 울면서 태어나는 우리를 세상은 웃으면서 맞이한다. 웃으면서 죽을 수 있다면 세상은 울면서 우리를 떠나보낼 것이다.

2

인생의 밤

특별한 고통

삶이 고통인데 그 가운데서도 특별한 고통의 시기가 있다. 미로를 헤매는 것 같은 절망감이 엄습한다. 출구가 없다는 암울한 확신에 사로잡힌 채 무기력하게 무너지는 시기이다. 이처럼 지극히 고통스러운 시련을 가리켜 인생의 밤이라고 부른다.

인생의 밤이 다가오는 방식은 조금씩 다르다. 마른 하늘에 날벼락처럼 들이닥치기도 하고, 마치 늪에 빠진 것처럼 허우적거리면서 잠기기도 하며, 가랑비에 옷 젖듯이 서서히 스며들기도 한다. 인간관계가 단절되면서, 어떤 이는 사업에 실패하면서, 또 다른 사람은 친구나 가족을 잃으면서, 누군가는 몹시 아파서 등등 가지각색의 이유로 인생의 밤을 맞는다. 세상에 대한 분노에 사로잡혀 인생의 밤을 불러들이기도 하고, 부모에 대한 원망과 함께 인생의 밤이 밀려오기도 한다. 오는 방식과 시기는 다양하더라도 인생의 밤을 겪는다는 건 우리 모두의 공통점이다.

인생의 밤으로 끌고 가는 건 대개 부정적인 사건이

다. 우리는 인생의 밤을 겪으면서 충격, 수치, 원망, 불안, 불쾌, 상실, 공포, 분노 등등을 체험하게 된다. 이러한 부정적인 감정은 강렬하다. 마치 침공하는 제국처럼 그악스럽게 덤벼든다. 인생의 밤 동안 우리는 부정적인 감정에 식민지배를 당한다. 부정적인 감정에서 자주 독립하기란 만만치 않은 일이다. 굳센 열망으로 독립운동을 벌이더라도 인생의 밤은 너무나 거대한 제국이다. 저항하다가 어둠에 진압당하기 일쑤다.

내 안의 으슥한 곳에서 쌓여있던 어둠들이 한꺼번에 불거져 나온다. 혼란과 고뇌와 우울로 내동댕이쳐진다. 빠져나갈 수 없는 어둠이 나를 장악하고는 놓아주질 않는다. 어둠은 까만 안대처럼 나의 시야를 차단한다.

반드시 인생의 밤이 방문한다. 그 누구도 피할 수 없다. 모든 사람에게 숙명처럼 찾아온다. 인생의 밤이란 자신에게 절망하는 시기이다. 나는 나 자신에게서 도망갈 수 없다. 내가 밉고 세상이 싫고 인생이 지겹더라도 나는 나일 수밖에 없다. 이 세상에서 살고 있다는 사실을 부정할 수 없는데, 부정하고 싶은 세상 속에서 나 자신이 부정당하는 시기가 인생의 밤이다.

왜 나에게 이런 일이 생긴 거지?

인간은 탄식 속에서 현명해진다. 이미 돌이킬 수 없
는 지경에 이르고 난 뒤에야 그렇게 행동할 필요가 없
었다는 걸 깨닫는다. 자책과 후회는 인생의 길동무다.

우리는 무의식중에 움직이는 기계처럼 살아간다.
고속도로를 자율주행차량이 움직이듯 별생각 없이 하
루를 보낸다. 비록 지옥으로 치닫는 길을 달리더라도
인생의 경로를 변경하지 않는다.

그래서 인생의 밤이 들이닥친다. 모든 것이 어둠에
휩싸여 한 치 앞도 보이지 않게 되어야 비로소 멈칫한
다. 무작정 내달리던 길을 돌아본다. 어디에서 와서 어
디로 가고 있었는지 진정으로 가고 싶은 곳은 어딘지
자기 자신에게 묻는다.

인생의 밤을 맞아 살아온 여정을 찬찬히 되짚는다.
그러고는 자신이 내내 불행했다는 사실을 깨닫는다. 자
신이 불행하다는 자각은 소중한 체험이다. 더는 불행하
지 않기를 바라는 마음이 변화를 일으킨다. 문제는 불
행을 자각했다고 곧바로 행복을 향해 전진할 수 없다는

점이다. 오히려 의지가 꺾이면서 더 큰 불행 속으로 굴러떨어질 수도 있다.

고통에 부딪힌 인간은 처음에 그저 고통이 멈추길 원한다. 그런데 고통은 쉽게 물러가지 않는다. 고통은 고뇌를 낳는다. 여태껏 생각지 않던 의문들이 튀어나와 나를 다그치고 닦달한다. 무엇 때문에 이런 일을 겪는 걸까? 어떻게 나에게 이런 일이 생긴 거지? 이 많은 사람 가운데 왜 하필 나냐고!

해답이 없는 물음들이 사나운 개처럼 달려들어 나를 물고는 떨어지지 않는다. 우리는 자기 자신을 완벽하게 속이지 못한다. 남들이 나의 불행을 모르더라도 내가 모를 수는 없다. 남들은 다 행복해 보이는데 자기 자신만 불행하게 느껴지는 시기가 인생의 밤이다.『도덕경』에도 세상 사람들은 꽃놀이하듯 즐거운데 자기 혼자 어리석고 외로우며 남들은 다 넉넉한데 나만 빈털터리 같다는 구절이 나온다.

번뇌에 시달리면 외부세계를 헤아릴 여력이 없어진다. 시야가 좁아진 채 근심과 불안의 수렁으로 빠져든다. 인생의 밤에는 자기 자신을 해치는 생각에 포획된다. 강박적으로 생각을 하고 또 한다. 하도 생각만 하느라 타인과 세상으로부터 단절된다. 어두운 생각들에 잡아먹히는 꼴이다. 부정적인 생각만으로도 괴로운데, 고독이 더해진다. 인생의 밤은 너무나 외롭고, 무지하게 스산하고, 미칠 것같이 괴롭다.

자의식이 박살 나는 시기

살다 보면 우리는 자의식 과잉이 된다. 인간의 자의식은 으레 부풀어 오른다. 자의식이란 자기 자신을 의식하는 의식만을 가리키지 않는다. 여기에 더해 타인과 비교를 통한 오만 그리고 자신에 대한 환상을 아우르는 관념을 뜻한다. 자의식에 사로잡히면서 우리는 자신이 얼마나 잘났는지 확인하려 들고, 더 잘 나가려는 계획을 세우며, 남들에게 자신이 어떻게 비칠지, 어떻게 처신해야 할지 고민한다. 순진무구했던 아기가 어느새 아집의 덩어리가 된다.

자의식은 육중한데 마음은 튼튼하지 못하다. 갖가지 상처로 득실하고, 자의식에 흠집을 낸 자에 대한 원한으로 들끓는다. 자의식이 커질수록 불행은 무거워진다. 가냘픈 마음으로 비대한 자의식을 얹고 살아가다가 견딜 수 없는 시기가 온다. 인생의 밤이다.

자의식의 붕괴는 예정되어 있었다. 술을 마실 때나, 일이 잘 풀리지 않을 때, 스트레스를 왕창 받을 때, 애써 감춰뒀던 불안과 공포가 튀어나와 나를 뒤흔들어댔다. 그렇게 흔들리다가도 어느 정도 시간이 지나면 자신을 추스르고는 어제같이 하루를 보낸다. 아니면 약간의 변화를 시도해서 견디는 방법을 찾는다. 그러다 인생의 밤이 습격한다. 속절없이 허물어진다.

인생의 밤이란 자의식이 박살 나는 시기이다. 단단했던 아집이 와장창 부서져 내린다. 자의식이 무너지면서 드러나는 틈새로 봉인했던 상처가 튀어나온다. 가슴 속 무덤에 묻어두었던 과거가 고스란히 되살아난다. 산 채로 묻혀있던 고통이 피를 뚝뚝 흘리면서 비명을 내지른다. 제대로 장례 치르지 않으면 과거는 떠나지 않는다. 가슴 속 무덤이 열릴 때 내가 할 수 있는 건 그다지 많지 않다. 오싹한 내면의 공동묘지 속으로 내동댕이쳐지는 시기가 인생의 밤이다.

내면의 공동묘지에는 더욱 으스스한 사실이 숨어 있다. 바로 공동묘지를 운영하는 은밀한 주인이 바로 나 자신이라는 점이다. 우리는 알게 모르게 상처를 간직하는 경향이 있다. 사소한 일조차도 오랫동안 보관하면서 질릴 때까지 우려먹는다. 많은 사람이 자기 행동을 합리화하는 수단으로 상처를 이용한다. 허투루 살면서 자신이 이렇게 사는 건 어릴 적에 받은 상처 때문이라며 합리화한다. 과거의 상처를 마치 무기처럼 사용해서 자신과 타인을 할퀴고 괴롭힌다.

상처는 묘한 구석이 있다. 덧내면 이상야릇한 쾌락이 발생한다. 상처를 후벼 팔 때 괴로움만 발생하지 않는다. 쾌락도 생겨나기에 우리는 상처를 아물게 하기보다는 상처를 파헤치면서 덧나게 한다. 상처를 파헤치는 사람은 혀를 베인 늑대처럼 된다. 극지방에서 사는 사람들은 짐승의 피를 묻힌 칼을 땅에 박는다. 그러면 피냄새에 늑대가 끌려온다. 늑대는 피를 핥으려다 얼어붙은 칼날에 혀를 베이고 만다. 혀에서 피가 나지만 극지방의 추위에 감각이 마비되어 피나는 줄도 모른다. 늑대는 자신의 피인 줄도 모른 채 차가운 칼날에 묻어나는 피를 계속 핥는다. 그러다 쓰러져 죽는다.

수많은 이들이 혀를 베인 늑대처럼 자신의 상처를 빨아먹는다. 상처 안으로 들어가서 나오려 하지 않는다. 상처가 내면의 늪처럼 되어버린다. 인생의 밤이란 내면의 늪 깊숙이 빠져드는 시기이기도 하다.

과거를 집착하는 자의식

인생은 역동적이다. 많은 것들이 끊임없이 변한다. 과거는 고정되어 있지 않다. 현재와 줄기차게 상호작용한다. 우리는 수많은 일을 경험하면서 성숙해진다. 현재의 관점에서 과거는 새로운 의미를 부여받는다. 좋은 기억도, 나쁜 기억도 영원하지 않다. 내가 어떻게 생각하고 이해하느냐에 따라 과거는 재구성된다.

상처는 무시할 수 없는 무시무시한 기억이다. 쉽사리 풍화되지 않는다. 흘러간 시간에 상관없이 영향을 미친다. 그런데 이건 상처가 워낙 아프기 때문이기도 하지만 내가 상처를 붙들고 놓아주지 않기 때문이기도 하다. 특정한 과거가 변하지 않는다면 내가 과거를 강력하게 붙잡고 있어서 그런 건 아닐까?

끊임없이 유동하면서 변하는 우주처럼 우리도 쉴 새 없이 달라진다. 사람은 과거의 모든 걸 기억하지 못하고, 상당 부분을 잊어버린다. 그렇다면 오랜 시간이 흘렀는데도 사라지지 않는 과거가 있다면, 이건 과거가 강력하다는 뜻이라기보다는 아집의 강력함을 보여준다. 그 과거를 밑바탕 삼아 공고하게 자의식이 건축되었기에 비록 불행하고 괴롭더라도 자의식은 과거를 놓아주지 않는다. 과거의 기억을 철저히 사수하려 든다.

과거에 집착하는 자의식이 인생의 밤을 불러왔다. 자의식을 해체하지 않는다면 인생의 밤은 영영 끝나지 않는다. 인생의 밤을 통과하기 위해서라도 우리는 새로운 관점으로 과거를 향해 질문해야 한다.

내 삶은 왜 이토록 불행한가, 왜 내 삶은 어렸을 때부터 이 모양 이 꼴인가, 이런 방식의 자조와 넋두리에 사로잡혀왔다면 이제는 이렇게 물을 필요가 있다. 왜 나는 그 기억을 놓아주지 않으려 하는가? 오랫동안 그 기억을 붙잡고 있는 이유는 무엇일까? 과거를 대하는 지혜로운 태도는 어떠할까?

과거를 향한 질문의 방식이 바뀌면 현재의 삶도 탈바꿈한다. 중요한 건 현재 나의 정신상태이다. 더 나아지겠다는 의지가 있으면 과거를 향한 시선도 변한다. 과거는 이미 지나갔다. 게다가 과거의 모든 걸 기억하지 못한다. 몇 가지 부분만 기억할 수 있을 뿐이다. 지금 내 앞에 나타나는 과거는 과거 자체가 아니다. 자의식이 소환한 과거일 따름이다. 현재 상태에 따라 과거는 불려 나와서는 사뭇 다른 의미로 채색된다. 예컨대, 내가 지금 고독하고 고통스러우면 외롭고 괴로운 기억을 불러와서는 자기 자신을 모질게 구박하는 데 이용한다. 자신이 세상에서 가장 불우한 사람인 것처럼 자기 자신을 비극의 주인공으로 만든다. 인생을 이 잡듯 샅샅이 뒤져서 불행한 기억들만 연결하여 아주 불쌍한 인생으로 구성한다.

삶이 고통스럽다는 건 사실이다. 그러나 삶의 모든 순간이 고통스럽지는 않다. 자신의 삶이 오로지 고통으로만 가득하다는 생각은 다른 많은 기억을 생략하고 나서야 성립된다. 인생을 총체로 헤아리면 고통으로만 단정할 수 없는 일들이 많다. 인생에는 기쁨과 사랑, 놀라움과 아름다움도 있다. 그런데 이런 부분을 몽땅 삭제한 뒤 우리는 고통만 취사선택해서 우울하고 무기력한 존재로 자기 자신을 만들곤 한다.

인간 안에는 불행의 의지가 있다. 불행도 비교 대상이다 보니 이왕이면 가장 불행한 인간이 되고자 기억을 조작한다. 인생의 밤은 자신을 세상에서 가장 불행한 인간으로 기억을 날조하는 시기이기도 하다.

조작되고 오염된 기억

인생의 밤을 맞으면서 우리는 기억의 풍경을 거닐게 된다. 기억이란 무엇인가? 내면의 한 부분이다. 기억의 풍경을 둘러보면서 우리는 자신의 내면을 들여다본다.

인생이 술술 풀릴 때는 딱히 자신을 돌아보지 못한다. 고통에 처한 인간만이 자신을 파고든다. 자신을 깊숙이 응시하며 무언가를 배운다. 과거는 기억을 학습자료로 제공한다. 기억은 인생의 밤을 빚어내는 동시에 탈출하게 도와준다. 기억과 관련하여 참고하면 좋을 작품이 있다. 줄리언 반스가 저술한 『예감은 틀리지 않는다』이다.

영화로도 제작된 이 작품은 기억의 왜곡을 다룬다. 주인공은 자신을 꽤 괜찮은 사람으로 여긴다. 그렇지만 주인공은 자신이 여태껏 미화했던 과거의 실상을 찬찬히 알게 된다. 젊은 날에 자신이 저지른 끔찍한 행태를 고통스럽게 직면한다. 현재 작용하는 자의식이 자신을 교묘하게 포장하더라도 진실은 전혀 다를 수 있음을 줄리언 반스는 적나라하게 까발린다.

우리의 기억은 잘못되기 일쑤다. 과거는 헷갈리고 엇갈린다. 지나간 일은 세월 속에서 퇴색되는 데다 그 뒤로도 우리는 너무 많은 경험과 사건을 겪으면서 과거가 진짜였는지조차 불분명한 상태가 되기도 한다. 들었던 얘기도 자신이 겪은 일처럼 기억되기도 하고, 자신의 상상이 진짜로 일어난 일이라고 기억하기도 한다. 중요한 기억이 하얗게 지워지기도 한다. 분명 아는 문제인데도 답이 떠오르지 않아 머리카락을 쥐어뜯은 경험은 누구나 하게 마련이다. 기억은 자신의 의지와 별상관없이 이뤄진다. 기억은 내 것이지만 내 뜻대로 되지 않는다.

우리는 기억에 의지해서 생각하고 세상을 판단하는데, 문제는 우리가 지나간 시간을 완벽하게 기억하지 못한다는 점이다. 자기의 상태에 따라 지울 건 지우고 간직할 건 간직하면서 과거를 빚어낸다. 기억은 조작되고 오염된다.

니체는 이렇게 글을 썼다. "이것을 내가 했다고 기억이 알려주지만 내가 그러한 짓을 했을 리 없다고 교만한 자의식이 냉정히 말하면 결국 기억이 양보한다."

잊힐 건 잊히고 흐려질 건 흐려지면서 남은 과거가 우리의 기억이다. 자신의 기억이 무조건 옳다고 확신하는 건 자신이 어리석은 사람이라는 고백에 불과하다. 우리는 어리석기만 한 존재는 아니므로 기억 앞에서 불안을 느낀다. 기억에 담기지 않은 과거가 있을 수밖에 없고, 살다 보면 미처 기억하지 못하는 과거와 마주치면서 소스라치게 된다. 인생의 밤을 거치는 동안 도저히 받아들일 수 없는 행동을 한 자신의 과거가 유령처럼 등장한다. 자신의 행적에 현재의 자의식은 충격을 받으면서 흔들린다.

인생의 밤은 집요하게 달라붙는 과거와 마주하는

시기이다. 떨쳐버리려고 해도 좀처럼 떨어지지 않고, 지우려고 해도 감쪽같이 지워지지 않는 과거가 우리에게 있다. 인생의 밤도 괴로운데, 무겁고 무서운 과거마저 짊어져야 한다. 그렇다면 오히려 과거를 일부러 반복할 필요가 있다. 진정한 변화는 자신의 과거를 직면하면서 새롭게 반복할 때 발생한다. 과거를 새롭게 반복한다는 건 과거에 붙들린 채 답습한다는 뜻이 아니라 감춰진 잠재성을 끄집어내어 과거에서 해방된다는 의미이다.

과거를 소중하게 끌어안고 성숙한 관점으로 들여다보면 인생이 달라진다. 인생의 밤은 과거를 새롭게 이해할 수 있는지 과제를 내준다. 과제를 잘 풀면, 짐인 줄 알았던 과거가 힘으로 변하는 놀라운 일이 일어난다. 그 변환을 위해 우리는 지금 인생의 밤을 탐구한다.

자기 안의 기억을 끌어안고 돌보는 일

나는 생각하다 고로 존재한다고 데카르트가 선포했으나, 과연 지금 떠오르는 생각이 과연 나의 생각인지

미심쩍다. 차분하게 따져보면 내가 생각하는 게 아니라 내 안에서 여러 생각이 저절로 생겨난다는 설명이 더 적절하다. 기억도 마찬가지이다. 내 안에서 생겨나는 수많은 기억은 여름날의 풀들과 비슷하다. 뽑고 뽑아도 금세 돋아나더니 어느새 무성하게 나의 마음을 덮어버린다. 내가 기억하는 게 아니다. 그것들이 마구 뻗치더니 마음을 친친 감아버리면서 기억을 하도록 만든다.

우리에겐 기억의 서랍장이 있다. 어떤 칸은 차곡차곡 기억들이 정리되어 있기도 하고, 다른 칸은 어수선하게 엉망이기도 하다. 좋았던 기억도, 슬펐던 기억도 모두 내 삶이었음을 기억의 서랍장이 증명한다. 우리는 이따금 기억의 서랍장에서 여러 기억을 꺼내어 자신의 인생을 되돌아본다. 가끔은 기억의 서랍장이 제멋대로 열리면서 추억을 회상한다.

그런데 기억의 서랍장에는 자물쇠를 채워둔 칸이 있다. 아무에게도 말할 수 없는 부끄러운 사건이거나 도저히 잊을 수 없는 장면이 자물쇠를 채워둔 기억의 서랍장 한 칸을 차지한다. 나는 마치 그런 기억이 없는 것처럼 살아가고 있으나 그 기억은 나의 존재에 그늘을

짙게 드리운 상태이다. 좋든 싫든 우리는 특정한 기억에 얽매여 있다.

우리가 어찌하기 어려운 기억 가운데는 섬뜩한 것도 많다. 마음의 부상을 일으킨 사건 사고가 그렇다. 기억하기만 해도 몸이 떨리고 안절부절못하게 만드는 일이 있는데, 그 기억들은 좀처럼 잊히지 않는다. 반복해서 떠오른다. 낮은 물론이고 밤마저 악몽과 가위의 형태로 쫓아다닌다. 과거에 겪었던 고통이 공포와 함께 떠오른다.

누르려고 할수록 선명하게 떠오르는 기억 앞에서 허탈해지기도 한다. 이제 시간이 한참 지나 괜찮아졌다고 생각하더라도 그때 그 기억은 마치 지금 일어나는 것처럼 엄청난 난동을 일으킨다. 갑작스레 터져 나오는 흥분과 분노와 슬픔과 공포는 온전히 치유되지 않았다는 증거이다.

누구에게나 상처가 있다. 다만 사람마다 상처에 대응하는 마음가짐이 다를 뿐이다. 마음이 강한 사람이란 상처받지 않는 사람이 아니라 상처를 치유하려는 사람이다. 진정으로 강한 사람은 자신이 약하다는 걸 인정한다. 치유는 자신에게 상처가 있다는 인정에서 시작한다. 상처받은 걸 인정하지 않는데 치유가 이뤄질 턱이 없다. 강하지 않은 사람은 갑옷 뒤에 자신을 숨기고는 강한 척을 한다. 갑옷을 입으면 상처를 덜 받을 수 있을지 모르나, 갑옷 밑의 상처는 흉터가 되어버린다.

상처를 살피는 건 괴로운 일이다. 하지만 상처를 어루만지며 생기는 고통은 상처가 아무는 고통이다. 오래된 고통에서 벗어나는 과정에서 생기는 고통이다. 사람은 자신의 상처를 들여다보고 보듬으면서 성숙한다.

신경생리학의 관점에서 보더라도 상처는 시간이 지난다고 사라지지 않는다. 대뇌변연계에 저장되어 다음 단계를 기다리고 있다. 대뇌변연계에서 정리되지 않는 감정과 함께 머물러 있는 상처를 믿음직한 사람에게 털어놓거나 여러 형태로 표현하면서 적절하게 치유한다면 상처는 신피질로 옮겨져 처리된다. 드디어 이성의 영역에서 관장하게 된다.

상처를 입었을 당시에는 그 사건을 온전히 경험하기 어렵다. 너무나 고통스러웠던 그 상황이 기록되더라도 그것을 소화하지는 못한다. 그러다 상처를 쓰다듬고

끌어안으면서 대처하는 힘이 생긴다. 그 사건을 둘러싼 뜨거운 감정이 식어서 차분히 설명할 수 있게 된다. 흥분과 소름과 비명으로 무의식중에 반응하던 일을 언어로 표현할 때 우리는 오래된 상처에서 빠져나온다. 이전까지는 기억의 서랍장 맨 구석에서 차마 꺼내 보일 수 없었거나 꺼내려고 하면 조건반사처럼 자동으로 일어났던 공포와 슬픔과 분노가 어느새 하나의 기억으로 전환된다.

과거는 역사의 뒤안길로 사라지는 게 아니라 우리 정신의 역사가 되어 평생 동행한다. 과거가 고통스럽다고 부축을 받아야만 하는 건 아니다. 과거는 현재와 상호작용하면서 끊임없이 달라진다. 현재의 상태에 따라 과거를 소환하는 방식도 달라진다.

자기 안의 기억을 끌어안고 돌보는 일을 누가 해주지 않는다. 나 스스로 해야 한다.

자신을 변화시키려는 의지

우리는 여태껏 다짐했고 또 다짐했다. 하지만 우리

의 다짐은 번번이 깨진다. 자의식이 좀처럼 꿈쩍하지 않기에 그렇다. 마음을 단단히 다잡아도 며칠 반짝하다가 과거 상태로 되돌아간다. 자의식은 변화를 꺼린다. 우리가 상대하기 가장 까다로운 적은 바로 관성화된 나 자신이다.

『삼국사기』에는 화류계에 드나들면서 망가지고 있던 김유신 이야기가 실려 있다. 김유신은 천관이라는 여인에게서 벗어나겠다고 각오했다. 하지만 김유신이 잠깐 졸자 말은 예전처럼 화류계로 김유신을 들여놓았다. 김유신의 말처럼 우리의 몸도 정신이 깨어있지 못한 상황에서는 과거의 방식대로 반응한다. 과거와 단절하겠다는 확고한 의지가 없는 상황이라면 과거의 행동을 반복할 가능성이 크다. 그렇게 새로운 미래를 창출하지 못한 채 과거의 재탕으로 오늘을 살아간다. 처음엔 변화가 일어난 것 같다가도 우리가 방심하는 사이 예전으로 돌아간다. 습관이란 몸의 기억을 가리킨다. 몸의 기억은 무시무시하다. 의식에선 잊더라도 몸은 기억한다.

몸의 기억은 특정한 사람들과 연결되어 작동하기도

한다. 누군가를 만나면 특정하게 반응하면서 특정한 행위를 하게 된다. 이전에 만나던 사람들을 떠나 새로운 사람과 인연을 맺어야만 몸의 기억을 바꿀 수 있는데, 우리는 서로에게 해로운 관계를 정리하기보다는 머무르려는 경향이 강하다. 비록 서로에게 악영향을 미치더라도 그 고통이 익숙하기에 그렇다.

인생의 밤이 끝나기를 바라는지 진지하게 자문할 필요가 있다. 많은 이들이 말로는 변화를 갈망하더라도 막상 변화에 저항한다. 의사들은 환자들을 상대하면서 자주 놀란다. 환자들은 치료받길 원한다고 말하고는 증상을 포기하려 들지 않는다. 사람들은 분노와 역정, 후회와 수치심, 자기연민과 죄책감, 자기비하와 원망으로부터 나름의 만족감을 얻는다. 자신의 불행을 부둥켜안은 채 고통을 즐기기까지 하는 이는 세상에 정말 많다. 인간은 거의 언제나 자기 자신의 무의식과 맞서 있다고 칼 야스퍼스는 지적했다. 자신의 본능이나 감정과 완전히 일체화되는 건 드문 일이고, 대부분 경우 인격은 그 자신의 토대와 다투게 된다.

환자는 자신에게 무슨 일이 일어나는지 알 권리가

있으나 인간으로서 불안과 게으름과 나약함 탓에 진실을 알지 않으려고 한다. 앎에 눈뜨고 과감히 변화를 시도하기보다는 앎에 눈감고 기존의 고통을 고수한다.

정말로 변하고자 하는 사람은 앎을 찾는다. 자신이 왜 이렇게 고통받는지 원인을 파악하려는 사람만이 고통에서 해방된다. 자신에게 나타난 증상은 마음 상태와 연결되어 있다. 자신의 무의식 상태를 온전히 이해하고 화해해야만 마음에서 생겨나는 이상 증상들이 해소된다. 자기 내면을 탐구하여 통합하지 않고서는 증상이 사라지지 않는다.

과거를 청산하고 새롭게 살겠다는 의지는 변화를 일으킨다. 김유신은 자신을 끌고 간 말을 베어버렸다. 과거에 말은 그저 이동수단이 아니었다. 혈육과 같았고, 자신의 손발이나 다름없었으며, 엄청난 재산이었다. 그런 말을 베었다. 그렇게 흥청망청했던 과거와 단절을 감행한 뒤 김유신은 역사 속에 남는 위인으로 성장했다.

인생의 밤을 통과하려면 각오해야 한다. 과거와 다른 삶을 살겠다는 결정, 과거를 보내주고 새로운 미래를 일구겠다는 의지가 나를 구한다. 나 자신을 변화시키려는 의지 속에서 기나긴 인생의 밤도 끝나간다.

부정적인 감정에 대처할 줄 아는 사람

나 자신을 변화시키겠다는 의지는 내게 상처를 남긴 부정적인 사건을 포용하려는 용기로 나아간다. 상처를 보듬으려는 용기는 귀하다. 대부분 사람은 부정적인 사건을 받아들이려 하지 않는다. 부정적인 감정으로부터 도망친다. 물론 줄행랑은 실패다. 갖가지 부정적인 감정에 시달리면서 고통을 겪는다.

인생의 밤은 부정적인 사건과 연결된다. 그리고 부정적인 사건을 수용하면서 인생의 밤이 끝난다. 부정적인 사건에서 생겨난 감정을 쓰다듬으며 새로운 의미를 부여하는 것이 인생의 밤을 통과하는 방법인데, 이걸 아는 사람은 드물다. 부정적인 사건을 통해 생겨난 부정적인 감정은 한동안 우리를 옥죄겠지만, 그 부정적인 감정을 통해서 깊이 있는 사람이 된다.

부정적인 감정이 꼭 부정적이지만은 않다. 오랜 진

화를 통해 생명은 다양한 감정을 발전시켜왔고, 부정적인 감정은 우리를 보호하기 위해 발달했다. 산다는 건 험난한 일이라서 부정적인 감정이 긍정적인 감정보다 많다. 우리의 안면근육을 들여다봐도 알 수 있다. 심리학자 폴 에크먼은 사회와 문화의 차이와 상관없이 인류의 공통된 안면근육이 공통의 감정을 표현한다는 사실을 밝혀냈다. 태어날 때부터 시력을 잃어 타인의 얼굴을 한 번도 본 적이 없는 아기도 자연스레 표정을 짓는다. 이방인과 접촉이 거의 없는 열대우림의 원주민들에게 우리의 사진을 보여주면 사진 속 인물이 현재 어떤 기분일지 알아챈다.

안면근육을 통해 드러나는 인간의 공통 감정은 크게 여섯 가지이다. 놀람과 분노와 혐오와 공포와 슬픔과 기쁨이다. 기쁨을 빼면 대부분 감정이 부정적이라고 치부된다. 이 여섯 가지 감정을 기본 삼아 감정들이 섞이면서 인간은 다채로운 감정을 체험한다. 깜짝 놀라면서도 기쁠 수 있고, 슬픈데 화가 날 수 있다. 이러한 감정을 통해 우리는 세상을 생생하게 체험하면서 다채롭게 대응한다.

부정적인 감정이 없다면 위험한 환경에서 살아남지 못한다. 낯선 것에 놀라면서 조심하고, 누군가 탐욕스럽게 굴면 화를 내어 자기 이익을 지킨다. 더러운 걸 혐오하면서 질병을 예방하고, 두려움을 통해 안전을 도모한다. 슬픔 속에서 반성한다.

부정적인 감정은 인생이 원활히 유지될 수 있게 돕는 적색 신호등이다. 마구 내달리던 삶을 멈춰 세우면서 자신이 어떻게 가고 있는지 돌아보게 해준다. 이처럼 부정적인 감정은 삶의 필수이다. 그런데 문제는 때때로 부정적인 감정이 우리의 일상을 집어삼킨다는 점이다. 부정적인 감정이 지나치게 분출하면 나를 보호하는 것이 아니라 망가뜨린다.

인생의 밤을 통과하려면 어쩔 수 없다. 부정적인 감정을 들여다보면서 끌어안아야만 한다. 부정적인 것의 신기한 점은 가까이 다가갈수록 우리를 옭아매던 힘이 줄어든다는 점이다. 굉장히 커다란 괴물이라 믿고 무서워했는데 알고 보니 불빛에 비친 나무의 그림자일 때가 많다. 우리가 부정적인 느낌에 매몰되지 않고 직시할수록 부정적인 것의 부정적인 영향은 적어진다. 도리어 긍정적인 영향이 생겨난다. 부정성을 통해 새로운 성장이 일어난다. 헤겔은 부정적인 것에서 시선을 돌려 긍정적인 쪽으로 쏠린다고 정신의 힘이 발산되는 게 아니라고 간파했다. 우리 정신은 부정적인 것을 직면하면서 그 곁을 머물러 있을 때 힘을 발휘한다는 것이 헤겔의 통찰이었다. 부정적인 것을 외면하거나 회피하지 않고 함께할 때, 나는 이전과 사뭇 다른 존재로 탈바꿈한다.

지혜로운 사람들도 부정적인 감정을 느낀다. 다만 부정적인 감정을 경험하되 사로잡히지 않을 뿐이다. 마음의 균형을 잡는 것이야말로 지혜로운 사람의 특징이다. 우리는 모두 지혜롭게 처신할 능력이 잠재되어 있다. 애덤 스미스는 인간 본성상 고통이 결코 오래갈 수 없다고 여겼다. 사람은 한동안의 고통을 견디기만 한다면 일상의 평정을 누릴 수 있다고 강조했다. 삶에서 불편과 불쾌가 계속 생기겠지만 그 과정에서도 인간은 일상의 즐거움을 향유하기 시작한다고 애덤 스미스는 주장했다. 한스 게오르크 가다머는 고통스러운 상태와 그것이 점차 완화되는 것을 경험하는 것은 인간 삶의 균형에 속한다고 말했다.

부정적인 감정은 삶의 거름이 되어준다. 마음을 열고 부정적인 감정과 함께하면서 우리는 성장한다.

인생을 두 번 산다

부정적인 감정에 사로잡혀 있던 자신을 꺼내는 일은 힘들다. 많은 이들이 과거를 어쩔 수 없는 흉터처럼 여기며 체념한다. 그러나 과거가 고착되어야 한다는 법이 없다. 과거의 인상과 의미가 고정된 것 같더라도 얼마든지 변화할 수 있다.

자신의 과거가 바람직하지 않거나 서글플 수 있다. 그렇다면 자신의 내면을 찬찬히 들여다보면서 천천히 보듬을 필요가 있다. 인생을 돌아보고 살피는 가운데 과거의 상처는 조금씩 아물어간다. 과거와 직면하는 일은 인생의 밤을 건널 때 꼭 딛어야만 하는 징검다리이다.

자신을 직시하는 조용한 시간 속에서 인생의 밤을 통과할 가능성이 생겨난다. 자신이 어디에 있고 어떻게 살고 있으며 어디로 가고 싶은지 자기 자신과 대화할 때 마음이 조금씩 환해진다. 갑자기 괴물로 변해 난동하는 일이 줄어든다. 내면의 빛을 키워나갈 때 인생에 드리워진 먹구름이 흩어진다.

　우리는 인생을 두 번 산다. 처음에는 비극으로, 다음에는 희극으로 말이다. 물론 생명으로서 삶은 단 한 번뿐이고, 우리는 비극으로서의 삶을 살게 된다. 하지만 시간이 흘러 자신의 삶을 돌아봤을 때, 우리는 인생을 음미하면서 새로운 의미를 창출한다. 그토록 힘겹고 고통스러웠던 비극의 삶이 희극의 삶으로 해석된다. 삶을 지그시 들여다보면 눈물이 나다가도 웃음이 절로 나오지 않을 수 없다.

　몸으로 살아가는 삶과 그 삶을 기억하고 회고하는 삶, 이렇게 두 가지의 생을 산다. 이 두 삶은 일치하지 않으며, 언제나 분열되어 있다. 엉망진창으로 살았어도 사람들로부터 칭송받는 인물이 되기도 하며, 당당하게 자기 삶을 개척했어도 남들은 뒤에서 수군댈지 모른다. 이 분열 앞에서 우리는 곤혹스러움을 느끼곤 한다.

　삶은 기억과의 투쟁이며, 기억을 만드는 건축이다. 불행한 기억들과 싸워내면서 새로운 기억을 쌓은 사람만이 행복할 수 있다. 허무하기 짝이 없을 만큼 그저 그런 나날을 보내고 있다면, 나중에 후회하며 자책할 수밖에 없다. 지금 이 순간 짜릿하고 행복하게 살아야 하는 이유다.

자신의 정체성을 상처받은 존재로 고정한 사람은 성숙하기 어렵다. 자신의 상처에만 골골하면서 누군가의 위로를 간절히 원하는 아이처럼 굴어서는 곤란하다. 어리둥절한 표정으로 어리광을 부리는 일은 어제로 끝이다. 이제 어른이 될 시간이다.

수많은 사람이 불행의 감옥에 갇힌 죄수이다. 외로운 기억을 벽돌처럼 하나하나 쌓아 불행한 인생이라는 감옥을 지어놓고는 스스로 들어가서 나오지 않는다. 하지만 삶이 불행으로만 가득할 수 없다. 과거를 소환해서 불행한 기억들만 고르려고 해도 소중한 기억도 소환되기 마련이다. 가슴이 뭉클했던 순간은 감옥의 창문이 되어 조금이나마 숨통을 틔우는 역할을 해준다. 우리는 때때로 행복한 창을 통해 인생을 바라보면서 고통을 견딘다.

인생은 너무 복잡하고 매우 광대하다. 현명한 사람은 살면서 겪었던 일들을 두루두루 헤아리는 가운데 기억을 이용한다. 잊을 건 잊고 기억할 건 기억하는 힘이 있는 사람이 현자이다. 기억이 나를 이용하는 게 아니라 내가 기억을 이용할 수 있을 때 지혜로워진다. 기억이 나를 휩쓸어가도록 내버려 두지 말고 자신의 마음을 잘 챙기면서 기억을 다스릴 수 있을 때, 우리는 드디어 과거에서 해방된다. 기억이 나를 가두는 감옥이 아니라 세계와 연결되는 문으로 변한다. 벽이었던 기억이 커다란 통창이 되어주고, 어느새 세상으로 향한 문이 된다.

정신의 위기를 통해

인생의 밤은 짙은 어둠으로 가득하지만, 걷다 보면 슬며시 문이 보인다. 이전과는 다른 삶으로 나아가는 샛길이다. 용기를 내어 그 길로 들어서야 한다. 예전처럼 살아서는 인생의 밤이 끝나지 않는다. 이탈해야만 인생의 밤에서 빠져날 수 있다. 과거와 이별할 때 마음이 찢어지지만 고통스러운 변화를 통해 우리는 참된 삶을 맞이할 수 있다.

변화는 위기와 함께 찾아온다. 위기를 통해 더 깊은

세계를 발견한 인물로 프랜시스 콜린스를 꼽을 수 있다. 프랜시스 콜린스는 31억 개의 총 염기서열을 해독하는 인간게놈 프로젝트의 책임자였다. 인류 최초의 사업을 담당하는 의학자로서 세상으로부터 존경받던 그의 삶에도 시련이 닥쳤다. 그의 딸이 한밤중에 침입한 괴한에게 강간을 당했고, 범인은 잡히지 않았다.

콜린스는 그날 밤처럼 악이 자신 앞에 뚜렷하게 드러났던 적이 없었으며, 신이 어떻게든 끼어들어서 그 끔찍한 범죄를 막아주길 바랐다고 안타깝게 고백했다. 신이 왜 가해자에게 벼락을 내리치지 않았고 자기 딸을 보호해주지 않았는지 의구심을 품으면서 고통스러운 시간을 보냈다. 아직도 고통받고 있지만 그래도 콜린스는 참혹한 시기를 딸과 함께 견디면서 새로운 관점을 얻었다. 가슴이 찢어지는 고통 속에서 용서의 진정한 의미가 무엇인지 희미하게나마 인식할 수 있었으며, 아무리 사랑하는 사람이라도 자신이 완벽하게 지켜줄 수 없다는 사실을 깨달았다. 콜린스의 딸은 자신이 겪은 고통을 계기로 성폭행을 당한 사람들을 상담하면서 도와주는 사람이 되었다.

세상은 고통으로 넘실거린다. 고통이 가득하다는 진실은 역설적이지만 우리에게 크나큰 위안을 안겨준다. 나만 이렇게 고통을 겪지 않는다. 타인들도 다 겪는다. 우리는 모두 고통을 절절하게 체험한다.

에머슨도 지독한 역경을 겪은 인물이다. 아내와 자식들이 죽는 참혹한 시련이 그에게 들이닥쳤다. 망가져도 이상할 게 없을 만큼의 고통이었는데, 에머슨은 재난 같은 고통을 통해서 인생을 깊게 꿰뚫어 보는 힘을 얻었다. 우주는 인간을 시험하고, 시련을 준다. 바로 그 과정에서 고통만 있지 않고 보상도 받는다는 걸 에머슨은 알아차렸다. 당장은 너무나 아프고 괴롭지만, 시간이 한참 지나 뒤돌아보면 자기 내면에 존재하던 깊은 치유력이 발휘된다고 에머슨은 나지막이 속삭였다.

고통은 삶의 도화선이 되어

우주는 인간을 만들고는 들끓는 고통 속으로 들이민다. 이와 동시에 해방을 얻도록 도와준다. 고통받을수록 해방에 대한 열망은 커진다. 고통이 없다면 해방되려는 절박함도 없이 대충 살게 된다. 고통이 있기에 고통에서 벗어나고자 해방을 추구한다. 고통이 해방으로 이어진다. 고통은 해방의 산모이다.

에밀 뒤르켐은 두려움 없이 고통과 싸울 때 인간의 위대함이 가장 잘 드러난다고 말했다. 쾌락을 좇으려는 맹목적인 본능을 억누를 수 있는 사람만이 자기 자신을 넘어서서 눈부시게 발전할 수 있다는 게 뒤르켐의 견해였다. 고통은 자신을 둘러싼 기존 관계 가운데 몇 가지가 끊어졌으며 기존의 속박에서 일정 부분 벗어났다는 뜻이기도 하다. 고통은 변화의 기회이다.

인간이 좀처럼 변하려 하지 않기에 우주가 극진한 고통으로 내리친다. 성공하기 위해 아득바득하지만 결국에 실패한다. 몸을 다친다. 병에 걸린다. 이혼한다. 직장에서 잘린다. 사업이 망한다. 친구가 배신한다. 애인과 헤어진다. 인간은 누구나 비극의 체험을 겪지 않을 수 없다. 인생이 휘청이면서 세상을 바라보는 관점도 사뭇 달라진다. 고통스러울 수 있는 변화인데, 그 과정에서 성숙의 기회를 얻는다. 이전에 집착하던 것을 놓아버린다. 새로운 정체성이 형성된다. 조금 더 여유롭고, 관대하고, 편안하고, 세상과 부드럽게 소통하는 사람이 된다. 고통은 생산성이 있다.

아집이 깨어지면서 정신이 깨어난 사람은 고통이 자신을 단련하는 담금질이었다는 걸 깨닫는다. 이런 깨달음은 동서고금을 막론하고 아주 많다. 맹자는 하늘이 장차 큰일을 맡기려는 사람에게는 반드시 먼저 괴로움을 준다고 설파했다. 고통 속에서 마음의 뜻을 세우고, 불가능하다던 일을 해낼 수 있도록 키우고자 시련이 생긴 거라고 맹자는 간파했다. 성경에도 「고린도전서」10장 13절에 이렇게 적혀 있다. "사람이 감당할 시험 밖에는 너희가 당한 것이 없나니 오직 하나님은 미쁘사 너희가 감당하지 못할 시험 당함을 허락하지 아니하시고 시험 당할 즈음에 또한 피할 길을 내사 너희로 능히 감당하게 하시느니라."

지금 우리에게 들이닥친 길고 긴 고통은 우주가 나를 크게 쓰려는 훈련으로 볼 수 있다. 혹독한 고통이었으나 이겨낼 힘이 내게 있다. 그렇다면 고통이란 고마운 선물이라고까지 해야 하지 않을까? 그동안 고통을 피하려고 했기에 더 고통스러웠다면 이제는 고통을 감사하게 받아들이는 마음을 키워야 하지 않을까? 아무런 고통도 없이 심드렁하게 흘러가는 하루보다 차라리 열렬한 고통 속에서 생생하게 살아 있는 하루가 더 낫지 않은가?

고통은 삶의 도화선이 되어 혁명의 불길을 일으킨다. 예전의 자신이라면 시도하지 않았을 모험이 시련 속에서 시작된다. 위기가 기회라는 말은 명언이다. 자신에게 들이닥친 고통이 은총이었음을, 내 삶을 정화하는 뜨거운 불이었음을 깨달은 사람만이 인생의 밤을 통과할 수 있다.

인생의 밤이 나쁘기만 하지는 않다. 인생의 밤을 통해 많은 배움이 이뤄진다. 우리는 신성한 깨달음을 기다리는 순례자처럼 인생의 밤을 걷는다. 얼어붙은 땅에서 움직이기를 거부하는 양들을 하나하나 챙기면서 초원을 찾아 나서는 목동이 된다. 너무나 옅어 좀처럼 감지하기 쉽지 않은 마음의 불꽃을 발견하고자 어둠 속에서 고독을 견디는 파수꾼이 된다.

인생의 밤은 나를 근본부터 변화시키는 시기이다. 우리는 자기 자신이 선명해지고 확고해질 때까지 자기 자신을 붙잡고 힘겹게 씨름한다.

우리는 인생의 밤이라는 기나긴 고비를 건너가고 있다. 언제 새벽이 올지 알 수가 없는 어둠을 견디는 중이다. 모진 시련 속에서 많은 걸 빼앗긴다. 흐느끼면서 주저앉는다. 선과 악이 식별되지 않는 시커먼 어둠 속에서 안식을 얻지 못한 채 눈을 감아버린다. 마음을 추스르고는 한동안 감았던 눈을 뜨고, 후들거리는 다리를 붙잡으면서 다시 일어나 걷다 보면 나를 덮친 위기는 그저 괴로움만이 아니다. 삶의 의미를 얻는 기회가 되어준다.

왜 나는 죽지 않고 굳이 살까?

빅터 프랭클은 아우슈비츠에서 살아남은 사람이다. 그는 삶의 의미가 얼마나 중요한지 깨우쳐준 학자이기도 하다. 그는 수많은 우울증 환자들을 치료했다. 그런데 빅터 프랭클은 여느 의사들이 꺼내지 않는 말을 꺼내어 치료의 방법으로 사용했다. 프랭클은 마음속에 품은 자살을 여태까지 실행에 옮기지 않은 이유가 무엇인지 물었다.

우울증 환자들은 죽을 생각으로 가득하다. 그래서 자살과 관련해서 이야기를 꺼내면 극단의 선택을 할까 봐 대부분 사람은 자살을 거론하지 않는다. 그런데 프랭클은 자살을 언급하되 왜 죽지 않았는지 생각하도록 이끌었다. 죽고 싶다는 생각에 붙잡혀 있던 사람들이 삶으로 시선을 돌렸다. 나를 살게 만드는 것이 무엇인지, 내가 삶을 붙들고 있는 이유가 무엇인지 생각했다. 이러한 생각의 전환을 통해 그동안 미처 인식하지 못한 지점을 파악하면서 삶의 의미를 찾을 수 있었다.

살면서 우리는 때때로 죽음의 유혹을 겪는다. 그렇다면 죽음에 대한 생각을 억압할 게 아니라 한번 되새겨볼 필요가 있다. 왜 나는 죽지 않고 굳이 살까? 삶이란 무엇이고 나는 누구이기에 여기서 이런 고통을 겪고 있는 것일까?

인간은 시기와 방법이 다양할 뿐 어떻게든 역경을 만날 수밖에 없다. 그저 본능에 따라 살고 있던 사람이라도 고통 속에서 정신이 깨어난다. 시련 속에서 그동안 생각하지 못했던 질문을 던지고, 자신의 물음만큼 우주는 해답을 알려준다.

　지혜란 더 높은 관점에서 인생을 바라보는 힘을 가리킨다. 자기에게만 시선이 고정되어 있던 사람이 타인과 세상을 헤아리면 그만큼 지혜로워진다. 고통 속에서 인간은 사유하기 시작하고, 고통의 원인을 탐구하면 인생이 바뀐다. 고통을 외면하는 손쉬운 수단을 찾지 말고 자기 인생을 변화시키는 동력원으로 고통을 사용할 필요가 있다.

　좀처럼 변하지 않으려는 사람들에게 예수는 회개하라고 소리쳤다. 회개나 회심이라는 말은 그리스어 메타노이아μετάνοια를 번역한 것이다. 메타노이아metanoia는 의식noia의 변화meta를 함축한다. 메타노이아는 그저 과거의 잘못을 뉘우치는 정도를 의미하지 않는다. 여태껏 걸어온 길을 완전 정반대로 걸어간다는 뜻이다. 삶의 근본부터 송두리째 뒤집는 일이다. 결국에 예수는 뿌리부터 달라지라고 요구한 내면의 혁명가였고, 바로 그러한 뜨거운 함성을 두려워한 기득권층은 예수를 십자가에 못 박아 죽였다.

　지금 나는 무엇을 위해 살고 있고, 나의 근본은 무

엇을 향해 있는가? 이러한 질문을 통해 드디어 자기 자신을 알게 된다. 눈앞의 이익이나 고통에만 집착하지 말고 인간과 세상에 커다란 물음을 던지면서 걸어가는 이가 지혜로운 사람이다. 고통 속에서 뿌린 씨앗들이 자라나 열매가 맺힌다. 그것이 자기 삶의 의미이다. 지혜로운 사람이 될 때 과거의 상흔들은 삶의 담담한 무늬가 되어 정신세계에 새겨지고, 과거의 멍에에서 벗어나 자신의 명예를 드높인다.

고통 속에서 깨어난다

우리가 겪는 고통은 일종의 예방주사일지도 모른다. 우리가 당면한 고통을 통해 지혜를 배우지 않으면 더 큰 고통이 올 가능성이 크다. 고통이라는 백신을 안 맞은 사람은 머지않아 돌이킬 수 없는 파탄에 이른다.

현대사회는 큰 질병을 예방하고자 작은 질병을 미리 체험하게 한다. 이것이 백신이다. 그런데 작은 고통을 미리 겪게 해서 더 큰 고통을 막겠다는 생각이 처음부터 의학계에 수용된 건 아니다. 역사를 살펴보면, 천연두의 무시무시한 위협에 대한 대응으로 백신이 출현했다. 천연두는 인류 역사 통틀어 가장 많은 사람을 죽인 전염병이다. 여태까지 천연두로 사망한 사람이 무려 10억 명에 이른다고 추정된다. 인류는 천연두에 맞설 방도를 모색했고, 적어도 600년 전부터 몇몇 중국인과 아랍인들은 비책을 찾아냈다. 그들은 천연두를 약하게 앓은 환자들의 농포 속 물질을 채취했다. 뽑아낸 물질을 처방받으면 천연두는 괴력을 잃었다.

백신을 개발할 때 혁혁한 공을 세운 인물이 있다. 메리 워틀리 몬터규이다. 메리 워틀리 몬터규에게도 천연두는 무시무시한 고통이었다. 자신의 고운 피부를 천연두가 앗아갔으며, 남동생은 목숨을 잃었다. 메리 워틀리 몬터규는 남편이 튀르키예의 대사관으로 복무하는 동안 현지 여자들에게 배운 방식으로 아이들을 예방접종했다. 효과를 확인한 몬터규는 영국으로 돌아와서 천연두 예방법을 알리는 데 진력했고, 이 방법이 널리 퍼졌다.

이러한 분위기 속에서 1796년, 영국의 의사 에드워드 제너는 흥미로운 현상을 목격한다. 젖소를 기르는 여자 농부들 가운데 우두에 감염된 사람들은 천연두에 걸리지 않는 것이었다. 우두란 젖소의 유방에 궤양이 생기는 질환으로서 사람에게도 전염되는데, 천연두에 비하면 증세는 미미했다. 에드워드 제너는 우두에 감염된 여성들의 종기에서 짜낸 액체를 어린아이의 피부에 자그마한 상처를 낸 뒤 접종해서 일부러 감염을 일으켰다. 이전까지 시행된 적 없었던 파격의 실험이었다. 이 실험 덕분에 수많은 생명을 살렸다. 1979년, 세계보건기구는 천연두가 인류문명에서 완전히 박멸되었다고 선포했다.

예전에 대다수 사람에게 백신이라는 개념은 미친 발상이었듯 고통이 예방약일지 모른다는 발상은 어쩌면 미친 소리처럼 들릴지도 모른다. 하지만 고통은 우리를 괴롭히려고 있는 게 아니다. 더 큰 위험을 예방하고자 찾아오는 것이다. 우주는 자연스럽게 고통을 안겨준다. 고통의 작용은 사람마다 겪는 고통이 다르다는 점에서 약간의 차이가 있으나 우리 모두를 변모시킨다는 점에서 평등하다.

그동안 왜 나에게 이런 일이 일어났느냐고 푸념하

거나 절규했다면 이제 우리는 어떤 일도 내게 일어나지 말란 법이 없다는 사실을 알게 된다. 꼭 행복만이 내게 주어져야 할 이유가 없다. 우주에서는 모든 일이 가능하다. 그렇다면 즐거운 일만 골라 겪으려는 건 자신이 편식하는 아이 같다는 고백에 불과하다. 마르쿠스 아우렐리우스는 건강한 정신이라면 우주가 선사하는 모든 걸 수용할 거라고 얘기했다. 그의 말마따나 우주가 주는 모든 것을 담담히 받아들이는 사람은 단단히 강해진다.

고통 속에서 정신이 깨어난다. 완강했던 마음의 벽들이 깨어진다. 마음의 벽이 무너진 틈으로 타인의 마음이 보인다. 그동안 온통 자신의 욕심으로만 움직이던 사람이 달라진다. 타인의 말을 귀담아듣고 상대가 무슨 의도로 이런 행동을 하는지 가늠한다. 그동안 자신의 이기심 때문에 타인과 세상을 조금씩 왜곡해서 마찰을 빚어냈다면, 고통 속에서 깨어난 사람은 타인과 세상을 애정으로 수용하면서 이해한다.

이제야 왜 석가모니가 고통을 사성제 가운데 첫 번째로 제시했는지 알게 된다. 네 가지 성스러운 진리로서 고통이 어엿하게 자리하고 있다. 고통이란 부정하거나 없애야 하는 것이 아니다. 고통을 통해서만 구원을 바라는 열망이 생겨난다. 구원을 바라는 열망을 통해서 변화를 시도하고, 인간의 정신은 향상한다.

들이닥친 고통은 우주가 배정한 우리의 스승이다. 긍정하면서 맞이해야 하는 귀빈이다. 우리는 우주가 선사한 고통을 통해 인생을 배우고 자신을 연마한다. 고통 속에서 그동안 감겨있던 눈이 떠진다. 세상을 새롭게 바라보게 된다. 풍요롭고 강렬하면서 심오한 세계를 체험한다.

손님은 계속 머무르지 않는다. 잘 환대해주면 떠난다. 고통도 마찬가지이다. 우리에게 들이닥친 고통은 머지않아 끝난다. 중요한 건 고통 자체가 아니다. 그 과정에서 뭘 배웠느냐이다. 중요한 성장을 이룬 사람은 인생의 밤을 떠올리면서 그윽하게 웃는다. 심오한 고통은 고귀한 긍지를 선사한다.

물론 고통이 고귀한 긍지만이 아니라 기묘한 자아도취를 양산하기도 한다. 자신이 고통의 부자라는 자의식을 갖고 남들과 구별 짓는 장식품으로 고통을 사용하는 것이다. 자기 인생은 뭔가 특별하다는 자아도취에 사로잡히는 것이다. 하지만 인생의 밤은 광대하고 장엄하다. 이러한 자아도취마저 쓸어가 버린다. 인생의 밤을 맞아 우리는 하염없이 울면서 정화된다.

울음과 함께 물음이

인생의 밤은 눈물과 함께하는 시기이다. 암담한 절망 속에서 눈물주머니의 끈을 놓치게 된다. 여태 모아둔 눈물주머니가 터져 나온다. 살다 보면 틀림없이 들이닥친다. 갓난아이처럼 흐느끼는 날이.

울음이 쏟아진다. 닦아도 닦아도 계속 나온다. 울도록 내버려 둔다. 뼛속에 배어있던 습기마저 짜내면 기분이 나아진다. 시야가 맑아지고, 평소와는 다른 생각이 든다. 그렇다면 눈물이란 어려움에 봉착했을 때 새로운 힘을 선사하는 귀한 보배가 아닐까?

우리 마음에는 눈물의 둑이 있다. 눈물의 둑에 눈물이 찰랑찰랑 차올라 있고, 아주 가끔 둑의 문을 열어 눈물을 흘려보내 수위조절을 한다. 그러다 인생의 밤을 맞아 눈물은 가슴속에서 급격히 차오른다. 눈물이 용솟

음친다. 둑이 무너진다.

눈물을 뿜어내는 시기는 사람마다 다르다. 누군가
는 인생의 밤을 맞자마자 주저앉아 흐느낄 것이고, 또
다른 사람은 내내 버티다가 갑작스레 울기 시작할 것이
다. 중요한 건 크게 울어야만 한다는 점이다. 자신의 모
든 것이 눈물을 통해 씻겨 내려가듯 몸 안에 수분을 다
쥐어짜듯 목놓아 울어야 한다.

눈물이 흘러넘쳐야 마음속 응어리가 줄어든다. 그
래야만 자신이 이고 있던 슬픔의 무게가 덜어진다. 눈
물이 쏟아질 때 서둘러 닦아내지 않고 눈물과 함께 마
음에 쌓여있는 걸 흘려보낼 때 그동안 닫혀 있던 마음
의 문이 열린다.

울음과 함께 물음이 봇물처럼 불거진다. 왜 이러한
고통을 겪는지, 삶이란 도대체 무엇인지, 도대체 나는
누구인지, 그동안 억눌러온 물음이 울음 속에서 샘솟는
다. 눈물로 맑아진 눈빛과 함께 인생은 새로운 국면으
로 접어든다. 인생의 밤을 통해 우리는 진실을 만난다.
눈물은 희망을 일군다.

외부의 눈부심에 홀려 잊고 지내던 내가 고통 속에

서 오롯이 드러난다. 어둠에 묻혀 세상이 사라지면 나를 마주할 수밖에 없다. 그제야 내가 누구인지 그동안 알지 못했다는 사실을 깨닫는다. 당혹스럽다. 고통 속에서 처음으로 내가 이렇게 살아 있다는 엄연한 진실을 직시한다. 갑자기 시력을 잃은 사람처럼 자기 인생을 더듬으면서 성찰하고 더듬거리며 자신에 대해 표현한다.

인생의 밤이면 온갖 생각이 아지랑이처럼 피어오른다. 낯익으면서 낯선 감정들이 소나기처럼 쏟아지는 날, 젖은 몸을 부르르 떨면서 자신이 고통받고 있다는 진실을 비로소 알게 된다. 마음 밑바닥부터 꿈틀대던 여러 감정이 울컥하며 솟구치는 순간, 쓰고 있던 가면이 벗겨진다.

우리는 그동안 너무 빛만 바라보며 살아왔다. 바로 그래서 자기 자신을 오해했다. 빛으로부터 눈을 돌려 어둠을 응시할 때 조금 더 나를 알게 된다. 도저히 움직여지지 않을 것만 같은 무거운 낙담이 짓누르는 어둠 속에서 자신과 맞닥뜨린다. 고통스럽게 내가 누구인지 묻는다.

인생의 밤을 거치는 동안 내 안의 잠들어 있던 정신

이 깨어난다. 어렴풋했던 나 자신이 시나브로 명료해진다. 극지방에 내동댕이쳐진 것 같은 매서운 추위 속에서 정신이 번쩍 든다. 기나긴 어둠 안에 있더라도 저 멀리 아련하게 다가오는 새벽의 기운을 느낀다. 처음으로 눈을 뜬 아기처럼 세상을 바라본다.

지혜는 그 누가 얻어주지 않는다. 나의 몫이다. 나 스스로 고민하면서 부딪히며 일궈야 한다. 인생의 밤은 그동안 미뤄두고 밀쳐두었던 삶의 숙제가 찾아온 시간이다. 삶의 숙제는 대개 사랑과 연관되어 있다. 울음을 그치고 손수건을 꺼내 곁에 있는 누군가의 눈물을 닦아줄 때, 인간은 비로소 자신의 과제를 풀게 된다.

타인의 고통을 이해

타인의 눈물을 닦아주고 싶어도 타인들이 나를 눈물 나게 한다는 볼멘소리가 나온다. 그런데 타인과 부딪치는 건 반드시 타인 때문만은 아니다. 나의 탓도 있다. 가만가만히 생각해보면, 우리는 타인과 잘 지내지 못하는 편이다. 가족들과도 자주 티격태격한다. 타인들과 당연한 것처럼 싸우는데, 이건 이상한 일이다. 왜 우리는 아이들에게 사이좋게 지내라고 가르치면서 정작 자신은 사람들과 온화하게 지내지 못하는 것인가?

사람마다 성격이 다르고, 가치관이 다르고, 성장환경이 다르고, 욕망이 다르고, 습관이 다르다. 바로 이러한 차이 때문에 우리는 타인에게 낯섦을 느끼지만, 바로 그 덕분에 배움이 일어난다. 우리가 가장 크게 배울 수 있는 사람은 나와 비슷한 사람이 아니다. 나와 다른 사람이다. 인간은 자신과 다른 사람들과 부대끼고 어울리면서 성장한다.

그들이 나에게 선사하는 고통 못지않게 내가 그들에게 전가하는 고통도 분명히 있다. 그런데 우리는 언제나 자신의 피해에만 열불을 낸다. 자신이 꼭 피해자이기만 하지 않고 가해자이기도 하다는 진실에 눈을 뜨는 시기가 인생의 밤이다. 피해자로서 분노하며 누군가를 욕하는 건 쉽다. 반면에 자신의 잘못을 깨닫고 고치는 일은 매우 어렵다. 우리는 쉬운 길을 택하면서 자신을 피해자로 위치 짓고 자신이 저지른 결과에 눈을 감는다.

인생을 되돌아보면, 타인의 존재 자체가 나를 곤경으로 몰아넣었다고 볼 수 없다. 나의 미성숙이 고통의 진짜 원인이었다. 내가 겪고 있는 지옥이 나와 무관할 리 없다. 나밖에 모르는 이기심과 어리석음이 인생의 밤을 만들어낸 원흉이다. 이기심과 어리석음은 그 자체로 고통이자 독이다.

자신만의 고통에 틀어박혀서 세상의 문제와 타인의 고통을 나 몰라라 했기 때문에 고통스러웠다. 내가 이기적으로 타인을 대했기 때문에 상황은 더 악화했고, 내가 미성숙하게 반응했기에 관계는 더 망가졌다. 이러한 고통이 계속 반복되었다.

고통의 악순환에서 벗어나는 길은 모두가 고통받는 존재라는 인식이다. 고통받지 않는 사람이란 존재하지 않는다. 그러므로 타인의 이해란 타인의 고통을 이해한다는 뜻이다. 타인의 고통을 알지 못하는 한 영영 타인을 이해할 수 없다. 그런데 타인의 고통은 눈에 보이지 않는다. 고통을 당하는 건 타인의 정신이다. 타인의 고통을 이해하려면 나의 욕심에서 벗어나 타인의 마음으로 이동할 줄 있어야 한다. 자신에게 붙박여서 역지사

지하지 못하면 타인을 헤아리지 못하는 미성숙한 인간으로 남는다. 반면에 타인의 고통을 주시하고 동참한다면 이전과 다른 방식의 인간관계를 맺을 수 있다. 드디어 지혜와 사랑으로 타인을 맞이한다. 어른이 되는 것이다.

나의 고통은 타인의 고통을 이해하는 거울이다. 고통 속에서 나는 너를 만난다. 고통과 함께 우리는 인생의 진실을 처절하게 배운다. 나만의 통증에 매몰되어 타인의 비명을 듣지 못하면 자신의 작은 세계에 틀어박혀 평생 끙끙대게 된다. 세계의 막대한 넓이를 영영 알지 못한다.

성장은 대개 이러한 과정을 거친다. 그동안 머리를 쥐어뜯으면서 나의 고통에만 골골대던 사람이 먹먹한 가슴을 문지르면서 주먹 쥐고 일어나 세상 속으로 걸어 들어간다. 두렵고 떨리지만, 용기를 내어 타인을 돕고 사랑한다. 자신의 울타리 밖으로 나가면 사람들이 도우면서 챙겨줄 것이다. 그렇게 치유가 일어나고, 인생의 밤은 끝나며, 우리는 과거와 달리 현명한 사람이 된다.

고통은 함께할 때 치유된다면 방치될 때 부패한다.

혼자서 쩔쩔맸던 고통은 정신의 흉터를 남긴다. 흉터가 아닌 나만의 무늬를 만들기 위해서라도 고통을 변화시키는 일이 필요하다. 단 한 사람일지라도 누군가의 외로움 곁에서 말을 걸어주고 온기를 전한다면, 인간은 망가지지 않는다.

잘 산다는 건 사람들과 같이 그윽하게 어우러진다는 뜻이다. 고통이 고독할 때 상처가 되지만, 타인의 사랑이 나의 고통을 감싸 안아줄 때 고통은 성장을 위한 훈련이 된다. 자신의 고통에만 심취하는 게 아니라 타인의 고통을 헤아릴 때 인생의 밤에서 벗어난다.

어떤 사람으로 성장하느냐

인생의 밤이 끝나는 것 같다가도 계속 이어질 수도 있다. 중요한 건 인생의 밤을 통과하는 일이 아니다. 인생의 밤을 건너면서 자신이 어떤 사람으로 성장하느냐이다.

나무는 좋은 본보기이다. 나무는 겨울의 눈발에도 의연하다. 봄바람에도 소란을 부리지 않는다. 여름의

땡볕도 고요하게 즐긴다. 낙엽이 진다고 호들갑 떨지 않는다. 나무는 자신에게 닥친 시련이 언젠가 끝나리란 걸 알고 있기에 걱정하지 않는다. 그저 묵묵히 자기 할 일을 한다. 그렇게 나이테가 쌓이면서 둥치가 굵어가고, 가지들이 뻗어나가며, 잎사귀가 울창해진다. 동물들에게 보금자리가 되어주고, 사람들에게 쉴 그늘을 제공한다. 그리고 소중한 열매를 맺는다.

인생의 밤은 나무처럼 참을성 있게 인내하는 사람만이 벗어날 수 있다. 라이너 마리아 릴케는 너는 너의 삶을 바꾸지 않으면 안 된다는 시를 썼다. 그럼 어떻게 나의 삶을 바꿔야 하는가? 릴케는 자신에게 고맙기만 한 고통 속에서 날마다 인내를 배우고 있다면서, 인내가 모든 것이라고 외쳤다.

현대인에게 인내는 낯선 미덕이다. 우리는 당장 약을 먹어서 고통의 감각을 차단하려 든다. 그런데 고통은 줄인다고 하더라도 아예 없앨 수는 없다. 삶이란 고통을 견디는 여정이고, 고통에서 뭔가를 이뤄내는 것이 우리의 과제이다. 고통을 회피하지 말고 받아들이면 차츰차츰 아픔이 줄어든다. 고통을 감내하는 힘이 생겨난다.

고통이 오래 이어지면 인생이 끝장나리라는 두려움이 들이닥치는데, 그렇지 않다. 삶이 이렇게 되어야 한다는 어리석은 편견과 지독한 허영만 끝장날 뿐이다. 고통 덕분에 삶은 새롭게 펼쳐진다. 삶의 장엄함을 받아들이면서 인간의 의식은 도약한다. 고통에 대한 수용과 관찰을 통해 인간은 새로운 차원에 눈뜬다.

인내는 고통에 대한 도전이자 생명이 뿜어내는 불굴의 의지이다. 인류사를 되짚으면, 위대한 선조들은 고통에 휩싸여서도 인내했다. 고통을 즉각 사라지게 하는 것이 아니라 고통을 기회로 삼았다. 고통을 받아들이고 참아내는 과정에서 자기 자신을 발견했고, 마주했고, 성찰했고, 이해했다. 그리고 변화했다. 우리도 마찬가지다. 인생의 밤이 끝나지 않을 거 같더라도 참고 기다리면서 변화를 꾀하는 사람에게 여명이 밝아온다. 삶에 동이 튼다. 새로운 태양이 뜬다.

온통 어둠만이 가득한 것 같더라도 자세히 살펴보면 우리를 이끌어주는 불빛들이 있다. 저 멀리서 아른거리는 아련한 불빛은 미약하지만, 바로 미약함을 지키고자 온몸으로 어둠에 저항한다. 아담한 불꽃은 아찔하게 아름답다. 인생의 밤을 지나는 우리에게 필요한 건 한낮의 태양이 아니라 곧 꺼질 듯 희미하지만 결코 사라지지 않는 사유의 불빛이다.

인간은 인생의 밤을 통해 사유를 시작한다. 사유한다는 건 관성처럼 반복해서 생각하지 않고 새롭게 생각하겠다는 다짐이다. 사유를 머금고 정신은 강해진다. 두렵고 험난했던 인생의 밤이 천천히 저물어간다. 인생의 밤은 삶의 한 부분일 뿐이다. 나는 밤보다 더 크다. 밤은 내게 물들어간다. 나는 깊어지고 그윽해진다.

인생의 밤을 밝히는 별

인생은 낮과 밤의 연속이다. 낮과 밤이 씨실과 날실처럼 서로 엮이며 자아낸 한 폭의 그림이다. 그런데 우리는 낮에 눈멀어 있다. 나를 이해하려면 낮뿐 아니라 밤을 응시해야 하듯, 너를 진실하게 알려면 너의 밤을 알아야 한다. 너와 내가 서로의 밤으로 물들어갈 때 비로소 우리는 제대로 만난다.

사람의 마음은 선뜻 열리지 않는다. 고통 속에서 부

서져야 열린다. 마음이 부서졌을 때도 처음엔 열렸다고 보기 어렵다. 그저 휑한 바람이 싸늘하게 지나가고 고통만이 고독하게 고집을 부린다. 그러다 마음에 세워두었던 장벽이 고통과 함께 부서졌다는 걸 느지감치 알게 된다. 상처란 마음의 자물쇠가 고통스럽게 부서진 흔적이다. 상처는 흉터만을 남기지 않는다. 진정한 변화는 언제나 상처에서 생겨난다.

인생의 밤에 휘몰아치는 번뇌들은 불행하고 불안하기에 우리는 불편한 생각은 피하려 한다. 그런데 불편한 생각은 그 자체로 고통과 불행이 아니다. 편협한 관점에서 바라보기에 고통이 절망으로 인식된다. 인생을 폭넓게 바라보면 고통 속에 다양한 보물이 숨겨져 있다는 사실을 깨닫는다. 인생의 밤도 내 삶의 소중한 과정으로 인식된다. 모든 것이라고 믿었던 가치를 잃고 방황하던 자리에서 떨치고 일어날 때 상처는 인생의 어두운 밤을 밝히는 별이 된다.

상처는 내 마음속 우주에 생겨난 별이다. 고통에 사로잡힐 때 우리는 마음의 빛을 잃어버리고는 캄캄한 인생의 밤을 헤맨다. 그러다 고통이 빚어내는 지혜를 얻으면 상처는 나만의 별이 되어 빛난다. 어떻게 살아야 하고 어디로 가야 할지 모를 때, 혼자라는 느낌에 사로잡혀 외로울 때, 힘들어서 주저앉고 싶을 때, 마음의 별이 이끌어준다. 잠깐 쉬어도 좋지만 일어나서 힘을 내라고, 넌 이겨낼 거라면서 다독인 뒤 어디로 가야 할지 길을 일러준다.

인생의 밤을 겪으면서 우리는 슬기와 용기와 끈기 그리고 온기를 갖추게 된다. 중요한 건 언제나 인생을 배우겠다는 열린 마음가짐이다. 나를 더 나은 인간으로 탈바꿈하려는 의지와 세상을 더 배우겠다는 겸손이 결국 나를 구원한다.

상처를 빛나는 별로 빚어내 마음속에 띄워 올린다. 마음속 수많은 별자리는 인생이 그만큼 고통으로 가득했다는 걸 일러주지만 그 덕분에 우리의 마음은 아름답게 반짝인다. 수많은 별이 밤길을 비춰준다. 덕분에 더 이상 방황하지 않는다.

3
_____

죽어야 산다

인생의 밤을 빠져나올 수 있는 문

인생의 밤을 겪는 동안 죽음이 아른거린다. 이렇게 고통스러울 바에는 차라리 죽는 게 나은 것처럼 느껴질 정도다. 죽음을 열망할 만큼 인생의 밤은 잔혹한 데다 실제로 죽을 것 같은 고통을 통해서만 인생의 밤이 끝난다. 죽을 것 같은 고뇌와 고통 속에서 기존의 나는 죽음을 맞는다. 물론 정말로 죽는 건 아니다. 상징적으로 죽음과 다를 게 없는 체험을 한다. 이러한 체험이 중요하다. 인간은 죽어야만 제대로 산다.

인생의 밤이란 알고 보면 자의식의 산물이다. 자의식의 우울과 불안과 분노와 두려움과 어리석음이 뒤엉키면서 인생의 밤이 만들어진다. 자의식이 집착하던 욕망이 좌절되면서 어둠이 찾아온 것이지 원래 세상이 어두운 게 아니다. 우리가 아집에서 빠져나올 수 있다면 인생의 밤에서도 빠져나올 수 있다.

문제는 아집에서 벗어나는 일이 몹시 어렵다는 점에 있다. 우리는 자의식의 기름진 욕망을 당연하게 여기고 자신을 자의식이라고 믿은 채 자의식이 영원할 줄

착각하며 살아간다. 욕망을 내려놓을 줄 모르고, 자신이 누구인지 탐구하지 않는다. 바로 이러한 무지와 게으름이 인생의 밤을 만든다.

　자의식은 생존과 번식을 위해 만들어진 기능이라 오로지 생존과 번식에만 집착한다. 우주의 실체를 제대로 이해하지 못한다. 우주는 아주 작은 미립자부터 거대한 은하계까지 모든 것이 진동하면서 끊임없이 변하는 중이다. 태어난 모든 것이 죽는다. 자의식도 다를 게 없다. 하지만 자의식은 자신이 처음부터 있지 않았고 언젠가 사라질 거라는 걸 받아들이지 못한다. 죽음을 회피하는 자의식에게 진실을 알려줘야 한다. 죽을 운명이라는 진실은 엄청난 충격을 선사한다. 그 충격 속에서 자의식은 깨져나가고, 우리 안에 새로운 정신이 깨어난다. 죽음이 꼭 파멸을 뜻하지는 않는다. 죽음은 언제나 새로운 탄생과 연결된다. 자의식의 죽음도 마찬가지이다. 아집이 깨진 자리에서 새로운 정신이 깨어난다.

　루미는 『태양시집』에서 자의식에 묶여 있으면 노예와 같으니 사랑 안에서 죽으라고 노래했다. 죽는다는 건 아집에서 떨어져 나온다는 것, 아집이라는 감옥에서 탈출한다는 뜻이다. 자의식이 죽은 사람은 영을 얻게 될 거라며 루미는 "죽어라, 죽어라"를 연거푸 노래했다. 라이너 마리아 릴케도 『기도 시집』에서 사람들 각자에게 그들의 죽음을 주시라고 신에게 기도하는 시를 썼다.

아집이 만들어낸 인생의 밤은 아집이 해체되어야만 통과할 수 있다. 기존의 자의식이 죽지 않는다면 인생 내내 어둠이 깔린다. 진정한 삶을 위해서 죽어야 한다. 죽음은 인생의 밤을 빠져나올 수 있는 문이다. 자의식의 죽음이라는 문을 열어야만 자의식이 독재하는 감옥에서 탈출할 수 있다. 인생의 밤이란 바로 자의식이 죽어가는 시간이고, 자의식이 좀처럼 죽지 않고 버티기에 인생의 밤이 그토록 기나길다.

아집이 깨지지 않은 사람은 계속 어둠 속에 있게 된다. 우리는 대부분 아집에 구속되었으므로 내내 어둠에 있었다고 평할 수 있다. 우리가 살아온 인생 전체가 밤이다. 그 가운데서 인생의 밤이란 밤중의 밤으로서 더 짙은 어둠일 뿐이다.

중독의 해독제

자의식의 욕망과 이기심으로 인생의 밤이 만들어졌으므로 자의식을 정화하지 않고서는 인생의 밤이 끝나지 않는다. 이기심에 중독된 자의식을 해체해야 한다.

자의식은 만들어진 뒤 생존과 번식을 위해 복무한다. 그래서 물질과 권력과 쾌락과 소유를 추구하는데, 이상하게도 많은 걸 가지면 가질수록 공허해진다. 왜 공허할까? 이기심에 사로잡혀 있어서 그렇다. 온전한 자기 자신으로부터 멀어져 있어서 공허하다. 물질과 권력과 쾌락과 소유를 추구할수록 공허해지는데, 그러한 공허를 물질과 권력과 쾌락과 소유로 메우려 하면서 더욱더 공허해진다. 악순환이다.

이런 맥락에서 알코올 중독이나 마약 중독이 발생한다. 중독자들의 심리를 들여다보면 뜻밖에도 온전함을 향한 열망과 관계있다는 사실이 나타난다. 마약이나 알코올 중독자는 그저 물질이 유발하는 효과가 좋아서 그것을 섭취하는 게 아니다. 그들의 갈망 뒤에는 초월에 대한 염원이 인식되지 않은 채 꿈틀거리는 경우가 흔하다. 중독자들은 현재 자신이 못마땅하다. 그들은 자신을 초월해서 온전한 존재가 되고자 한다. 하지만 온전한 존재가 되는 방법을 모른다. 이런 상황에서 술이나 마약이 유사한 체험을 제공한다. 술이나 마약을 하면 개인의 경계심이 낮아지고, 마음의 불안이 가라앉는다. 자의식에서 벗어나 온전한 상태가 될 때 드러나는 평화로운 개방성과 진솔한 통찰력이 어느 정도 생겨나기에 많은 이들이 술과 마약에 빠진다.

윌리엄 제임스는 중독을 초월의 온전성과 연결해서 생각한 선구자이다. 대개의 시간에는 냉정한 사실과 비판에 의해 짓밟히는 인간 본성의 신비한 능력을 술이 자극하기에 우리가 술에 유혹된다고 설명했다. 평소에는 자신과 세상을 엄격히 구분하는 부정적인 태도 그리고 협소한 마음이 우리를 지배한다. 반면에 취기가 오르면 마음이 확 열리면서 자신과 세상이 하나처럼 되며 긍정적인 태도가 등장한다. 불만과 불안에서 벗어나 더 나은 상태가 될 수 있으리란 기대를 품고 술을 마신다.

문제는, 술이나 마약이 신선 같은 기분을 약간 느끼게 해주지만 온전함에 이르지는 못한다는 데 있다. 술과 마약의 효과는 그리 길지 않은 데다 물질에 의존하게 만든다. 너무나 많은 사람이 술과 마약에 중독되어 망가진다. 중독되고 나면 술과 마약에서 벗어나기는커녕 죽을 때까지 옴짝달싹하지 못하는 경우가 태반이다. 인생의 밤처럼 말이다. 대부분 사람이 인생의 밤에서 벗어나지 못한 채 삶을 마감한다. 바로 이러한 유사성으로 말미암아 술과 마약에서 빠져나오는 길은 인생의 밤에서 빠져나오는 길에 참고가 될 수 있다.

알코올 중독이나 마약 중독 치료에 가장 효과가 있는 방법은 자조모임에 참가하는 일이다. '익명의 알코올중독자Alcoholics Anonymous, AA'로 대표되는 자조모임은 알코올 중독자들이 회복할 수 있도록 돕는다. 중독자 회원들은 서로의 이야기를 들어주고 힘을 모으는데, 상당히 뛰어난 금주효과를 발휘한다. 마약 중독자들의 자조모임도 AA에서 영감을 받아 이뤄지고 있다.

AA는 알코올 중독에서 벗어날 수 있도록 12단계를 제시한다. 이 과정을 수용하면서 자의식의 폭정에서 해방된다. 알코올 중독에서 벗어나는 12단계 가운데 가장 첫 번째가 우리가 알코올을 이길 수 없고, 우리의 삶을 관리할 수 없다는 걸 인정하는 일이다. 알코올 중독을 치유하려면 자신이 허약하다는 걸 겸허히 받아들이고, 오만한 자의식을 내려놓아야 한다. 자의식의 항복이 중독에서 벗어나는 시작점이다. AA 회원들은 자의식보다 더 큰 힘이 자신들을 회복시켜줄 것을 믿으면서 중독에서 벗어난다. 자의식보다 더 큰 힘은 중독자들이 술을 통해 얻으려고 했던 초월에 따른 신성한 온전함을 가리킨다. 바로 그러한 힘이 우리 내면에 있고, 그 힘이 자의식이 허물어진 자리에서 샘솟는다.

AA의 창시자는 빌 윌슨이다. 그는 오랫동안 알코올에 중독되어 고통받았다. 빌 윌슨이 알코올 중독에서 벗어날 때 칼 융이 이바지했다는 사실은 잘 알려지지 않았다. 빌 윌슨이 알코올 중독에서 치유될 때 롤랜드라는 사람이 도와줬는데, 그 역시 알코올 중독자였다. 롤랜드에게 알코올 중독에서 벗어나는 방법을 알려준 의사가 칼 융이었고, 롤랜드를 통해 치료받은 빌 윌슨은 융과 서신 교류를 했다.

칼 융이 빌 윌슨에게 쓴 편지에는 spiritus contra spiritum이 적혀 있었다. spiritus는 술과 영성 둘 다를 의미하는 라틴어이므로 spiritus contra spiritum은 영성으로 술을 상대한다는 뜻이다. 기존의 자의식이 깨져나가는 영적 체험을 통해야만 술이라는 지독한 수렁에서 빠져나올 수 있다는 사실을 간파한 융은 중독의 해독제로 영성을 제시했다.

피하려고 애쓸수록 더 크게 고통당한다

알코올이나 마약에 중독되어 있지 않더라도 우리는 대부분 욕망과 집착과 어리석음과 게으름과 우울과 분노에 중독되어 있다. 우리의 자의식은 자신이 중독되어 있다는 사실조차 인식하지 못하고, 중독에서 빠져나올 생각도 없다. 자의식은 관성처럼 작동하면서 변화를 꺼린다. 인간은 모두 자의식 중독자들이다. 자의식에 사로잡힌 우리는 자의식에서 벗어나기를 두려워한다.

자의식 중독에서 벗어나는 여정은 대개 이러하다. 병든 자의식이 활개를 치면서 고통에 시달리던 우리는 자신이 자의식에 중독되어 있다는 사실을 깨닫는다. 중독에서 벗어나려고 시도한다. 하지만 중독에서 벗어날 때 고통이 발생하기에 중독에서 벗어나려는 시도는 도중에 주춤하기 마련이다. 중독도 고통이지만 중독에서 벗어나는 과정 역시 고통이다. 물론 중독에서 벗어날 때 생기는 고통은 고통을 치유하는 고통이므로 견뎌야 한다. 우리는 중독이 완화되면서 발생하는 낯선 고통을 꺼리며 익숙한 중독 상태로 돌아가기보다는 중독에서 해방되기를 바라며 버텨야 한다.

알코올 중독 상태에서 회복된 사람들의 체험은 우리에게 시사하는 바가 크다. 알코올 중독에서 벗어나려는 사람들은 금단 상태에 있을 때 며칠 동안 고통스러운 광기와 마주하곤 한다. 너무나 끔찍한 공포와 환상에 시달린다. 그렇다고 이러한 고통이 나쁘기만 하지 않다. 그들은 이 며칠 동안의 환각성 고통을 통해 존재의 전환을 겪는다. 기존의 자의식이 죽고 영성이 깨어난다. 아집이 깨지면서 새로운 정신이 들어선 사람은 술의 유혹에 다시는 흔들리지 않는다.

지금 우리도 알코올 중독자들이 겪는 고통과 비슷하다. 알코올 중독자처럼 자의식에 중독되어 인생의 밤을 겪고 있다. 그렇다면 이제 선택할 시기이다. 기존의 고통에 계속 시달릴지, 아니면 한동안 굉장히 괴롭겠지만 자의식의 고통에서 벗어나는 고통을 선택해서 새로운 인생을 살지 말이다.

토머스 머튼은 사람들이 너무나 늦게까지 깨닫지 못하는 진리가 있다고 천명했다. 그것은 바로 피하려고 애쓸수록 더 크게 고통당한다는 진리다. 변화를 두려워하고, 상처 입을까 겁내면서 삶이 더 고통스러워진다. 고통으로부터 도망가는 사람이 가장 심각한 고통을 겪는다. 미미하고 시시한 것에조차 큰 고통을 느낀다.

우리의 자의식은 변화를 거부하면서 기존의 고통을 고수하려 든다. 기존의 관점을 내려놓고, 새롭게 눈을 뜨는 변화는 극히 드물다. 자의식은 일종의 기득권을 갖고 있고, 기득권을 스스로 포기하지 않는다. 이기성을 유지하기 위해서라면 진실의 왜곡과 어이없는 정당화를 스스럼없이 감행한다. 자의식은 알고 보면 피가 뚝뚝 떨어지는 칼을 가슴팍에 숨기고는 무죄를 주장하는 살인자와 비슷하다.

수많은 사람이 아집의 감옥에서 빠져나오지 못한다. 교만한 자아정체성, 세상에서 주입한 종교의 교리,

과거의 성취감, 세속의 소유나 지위나 명예에 대한 욕망 등등에 얽매인다. 자신이 집착하는 것을 이상하게 여기기는커녕 당연하게 여긴다. 이러한 이기심과 집착으로 말미암아 아집에 갇힌다.

자의식은 고통을 그저 피하려 든다. 자의식은 쾌락만 탐하는데 바로 그 때문에 우리는 더 큰 고통에 시달리면서 약해진다. 면역력이 떨어진 사람에게 감기조차도 치명적일 수 있듯 아집에 사로잡힌 사람은 아주 작은 고통에도 엄청난 충격을 받는다.

인간에게는 자의식이 함정이자 폭탄으로 잠재되어 있다. 자의식은 고통을 회피하려고 하면서 도리어 진정한 고통의 시간, 인생의 밤을 빚어낸다. 자의식은 자기 무덤을 파서는 우리에게 절망을 안겨준다. 그 절망의 어둠 속에서 변화의 용기를 내는 사람은 자신 안의 비루하고 너절하고 부질없는 것들을 깡그리 태워버린다. 그렇게 인생의 밤을 정화의 시간으로 빚어낸다.

고통에 목적이 있다면 인간은 기꺼이 고통을 받아들인다. 고통을 견디는 훈련은 인간의 의식을 새로운 차원으로 고양한다. 우리의 정신은 인생을 밤을 거치면서 도약한다.

사랑의 매

우리의 겉모습은 짐승과 달리 멀쑥하다. 하지만 내면은 짐승보다 더할 때가 많다. 괴테의 『파우스트』에는 우리가 이성이라는 천상의 빛을 받았는데 짐승보다 더 짐승처럼 사는 데 이성을 이용한다는 진단이 실려 있다.

우리에게는 악덕이 많다. 남을 업신여기고, 자기가 잘난 줄 알면서 거드름을 피우며, 매사 남 탓을 하고, 자잘한 쾌락을 탐하느라 타인의 안녕을 해치는 일도 불사하고, 습관처럼 세상을 비난한다.

악덕은 중독성이 있다. 우리는 악덕에 중독되어 있어서 자신의 욕망과 행동에 문제의식조차 거의 없다. 악덕에 찌든 자의식은 자신의 상황을 편협하게 해석한다. 지혜로운 사람이라면 싱긋 웃으며 넘어갈 일을 두고 병든 자의식은 과잉 반응한다. 화내고, 토라지고, 동요하고, 증오하고, 자책하고, 슬퍼하고, 두려워한다.

자의식에 사로잡혀 있으면 지금 이 순간을 오롯

이 체험하지 못한다. 아집에 갇힌 사람은 세계 그 자체가 아니라 자의식이 해석하는 세계를 체험한다. 자의식이 우울하고 답답하고 외롭다면 정말 우울해지고 답답해지고 외로워진다. 그렇지만 현실 자체는 우울하고 답답하고 외롭지 않다. 자의식이 제시하는 현실이 그러할 뿐이다.

자의식이 왜곡해서 해석한 내용은 진짜 현실이 아니다. 그저 하나의 의견이자 이야기일 따름이다. 그런데 아집에 옥죄이면 자의식의 해석을 현실이라고 받아들인다. 자의식이 만든 가상의 세계가 유일한 현실이 되어버린다. 자신의 편협한 지옥에 갇혀 있으므로 삶이 고통스러울 수밖에 없다.

자의식은 기존의 고통에 중독되어 있다. 기존의 고통은 술맛과 비슷하다. 약간의 단맛이 있기에 인간은 쓰디쓴 괴로움에서 벗어나지 못한 채 기존의 고통에 중독된다. 물론 중독은 머지않아 엄청난 고통을 부른다. 몸과 마음에서 이상증세가 나타난다. 바로 이러한 이상증세가 현저하게 나타날 때가 인생의 밤이다.

인생의 밤이란 사랑의 매가 쏟아지는 시기이다. 인

생 곳곳에서 자의식을 파괴하는 강력한 타격이 가해진다. 우리가 정신을 차릴 수 있도록 혼쭐을 낸다. 오한과 분노와 절규와 원망이 뒤섞인 밤에 우리는 쭈그러든 가슴을 부여잡으며 자의식의 초라함과 추레함을 통절하게 깨닫는다. 누더기처럼 된 양심과 늘어만 가는 변명은 까만 밤을 더 어둑어둑하게 만든다. 이러한 어둠을 씻어내야만 인생의 밤에서 탈출할 수 있다.

플로티누스는 자기 자신을 제대로 바라보라고 요구했다. 우리가 진솔하게 자기 자신을 바라보면 아름답지 못하다는 진실을 깨닫는다. 아름답지 못한 상태는 불행하고 괴롭다. 변화를 시도하지 않을 수 없다. 어둠을 밝히고, 불필요한 부분을 떼어내며, 비뚤어진 부분을 바로잡는다. 조각가가 훌륭한 작품을 만들고자 정을 휘둘러 돌을 쪼아내듯 자기 자신을 다듬고 매만진다. 플로티누스는 신적인 광채로 밝게 빛나도록 자신을 조각하는 일을 중단하지 말라고 호소했다.

나를 조각하는 시기가 인생의 밤이다. 정을 내리치는 고통 속에서 자의식이 조각나 떨어진다. 인생의 밤은 겸손과 성찰을 아프게 강제한다. 고통은 존재의 변화를 위한 진통이다. 자기 자신을 새롭게 낳고자 인생의 밤을 맞는다.

마이스터 에크하르트는 껍질이 깨져야만 하고 그 안에 있는 것이 나와야만 한다고 가르쳤다. 내면에 있는 진짜를 우리가 누리려면 아집이라는 껍질이 부서져야 한다. 아집이라는 허물을 벗겨내는 시간이 인생의 밤이다. 강력한 고통이 아집을 박살 낸다. 고통 속에서 기존의 자의식이 허물어진다. 자의식이 사라진 자리에서 새로운 내가 태어난다.

통과의례와 입문식

인생의 밤이란 자의식이라는 껍질이 깨지면서 새로운 사람으로 태어나는 시련인데, 인류사에는 인생의 밤에 상응하는 오랜 전통의식이 있다. 통과의례이다. 어쩌면 현대인이 인생의 밤을 지독하게 오래 겪는 까닭은 통과의례를 제대로 겪지 않기 때문일지도 모른다.

인류의 많은 사회에서 통과의례를 3단계로 나눠서 시행했다. 즉 고통과 죽음 그리고 부활이다. 나아가 인류의 많은 사회에서는 사람들의 변화를 위해 통과의례 뿐 아니라 입문식을 거행했다. 입문식도 통과의례와 거의 비슷하다. 어떠한 집단에 들어가려면 고통과 죽음 그리고 재생을 치러야 했다.

전 세계 수많은 부족사회에서 이뤄진 통과의례와 입문식은 일종의 죽음을 선사하고 다시 태어나게 한다는 공통점을 지닌다. 의식의 참여자들은 숲속이나 황야 같이 격리된 곳에 머물다가 일정 기간이 지난 뒤 돌아와 통과의례와 입문식을 치른다. 잔혹한 고통이 그들에게 가해진다. 과거를 잊도록 계획된 시련이다. 고통 속에서 거짓과 욕망으로 얼룩진 자의식이 정화된다. 의례가 끝나면 고통받던 사람은 깨어난다. 이전과 다른 사람이 된다.

원시 사회의 사람들은 그저 생존하는 것만으로는 아직 사람이 완성되지 않았다고 간주했다. 거저 주어진 생명이 한번 죽어서 더 높은 의식 수준의 생명으로 태어나야 진정한 인간이 될 수 있다고 여겼다. 선조들은 통과의례를 거치면서 한 차원 높게 성숙했다.

현대사회에서는 통과의례가 없다. 우리는 어영부영

나이를 먹어갈 뿐, 이전의 삶과 단절하지 못한다. 물론 사회에서 시행하지 않더라도 통과의례가 사라지지는 않는다. 우주가 인생의 밤을 제공한다. 인생의 밤은 인간이라면 누구나 맞이할 수밖에 없는 통과의례이다. 우리는 인생의 밤을 겪으면서 고통에 시달리다가 상징적으로 죽으면서 새로 태어난다.

통과의례를 통해 죽음과 같은 고통을 겪은 사람은 세상을 바라보는 관점이 달라진다. 자신이 세상과 동떨어져서 있다고 착각하던 자의식이 깨져나간다. 개별성을 극복한다. 따로따로 존재한다고 여겨지던 것들이 이어진다. 그렇다면 고통은 우리에게 열반의 원칙을 가르쳐준 셈이다. 열반이란 개별화된 자의식에서 벗어나 우주의 섭리와 하나가 되는 것을 가리키는 힌두교-불교의 용어이다.

불교의 관점으로 볼 때, 세계의 실상을 이해하는 건 중요한 일이나 단순한 사변이 될 위험이 있고, 신성을 체험하는 건 황홀경에 빠질 위험이 있다. 그러므로 오직 열반에 도달할 때 구원이 성사된다. 열반은 세속적인 차원을 초월해 규정할 수 없는 차원과 재통합하면서 이뤄진다. 이 세속적인 삶에서 우리는 한번 죽고 규정할 수 없는 초월적인 삶으로 다시 태어날 때 열반이 가능하다.

힌두교와 불교를 빚어낸 인도철학의 관점에서 세상을 바라보면, 인생이란 개별화된 자의식이 우주와 일체화되어가는 여정이고, 그 과정에서 고통을 통해 점차 정화되면서 진실을 깨닫는다. 인생의 밤에 가해지는 고통을 통해 우리는 열반으로 향한다. 모든 만물에 가해지는 고통을 깨달으면서 자신이 따로 존재한다는 착각이 깨져나간다. 모든 만물이 하나라는 진실을 깨닫는다.

다 자란 사람이 어떻게 새로 태어날 수 있느냐

자의식의 죽음과 부활은 기독교와도 깊은 연관이 있다. 예수 자체가 고통과 죽음 그리고 부활의 상징이다. 예수는 우리 모두 다시 태어나야 한다고 주장했다.

「요한복음」 3장을 보면, 유대인 지도자 니고데모가 한밤중에 찾아온다. 니고데모는 예수가 일으킨 기적을 언급하면서 신이 보낸 분으로 알고 있다고 말한다. 그러자 예수는 누구든지 새로 태어나지 아니하면 신의 나라를 볼 수 없다고 대답한다. 니고데모는 다 자란 사람이 어떻게 새로 태어날 수 있느냐고 묻자 예수는 물과 성령으로 새로 나야 한다고 답한다.

인간은 모두 어머니의 몸을 통해 태어난다. 그런데 이게 끝이 아니다. 예수는 물이나 성령으로 한 번 더 태어나야 한다고 강조했다. 새로운 탄생은 생물로서 목숨이 끊어졌다가 다시 살아나는 것을 뜻하지 않는다. 자의식의 죽음과 새로운 의식의 출현을 뜻한다. 물이나 성령에 의해 자의식이 죽으면 새로운 정신상태가 태어난다. 이것이 기독교에서 설파하는 거듭나는 체험이다.

물에 의한 재탄생은 서아시아의 유서 깊은 전통의식으로 유대교에서도 행해졌다. 유대교의 3대 세력으로 사두개파와 바리새파 그리고 에세네파가 있었다. 이 가운데 에세네파는 세례식이라는 통과의례를 중시했다. 세례식은 신체에 물을 몇 방울 뿌리거나 발을 씻겨주는 수준이 아니었다. 에세네파의 세례식은 과격했다. 마치 목을 조르듯 입문자를 물속에 담가서 한동안 숨을 쉬지 못하도록 조치했다. 이러한 침례의식을 통해 입문자는 질식사와 비슷한 상태가 되었고, 다시 물 밖으로 나오면서 새로운 탄생을 체험했다.

유대교에서 파생한 기독교도 세례를 중시했다. 사도 바울은 세례의 물에 몸을 담그면 그때까지 존재했던 사람이 죽는다는 기록을 남겼다. 기독교의 다양한 종파들은 제각각 세례를 거행한다. 세례를 통해 기독교인들은 자신을 낳아준 가족이나 기존의 친숙한 유대관계를 씻어버린다. 그리고 신과 새롭게 연결된다.

「마태복음」 16장 24~5절엔 "이에 예수께서 제자들에게 이르시되 아무든지 나를 따라 오려거든 자기를 부인하고 자기 십자가를 지고 나를 좇을 것이니라. 누구든지 제 목숨을 구원코자 하면 잃을 것이요 누구든지 나를 위하여 제 목숨을 잃으면 찾으리라."는 예수의 목소리가 실려 있다. 이 구절들은 문자 그대로 읽으면 예수를 위해 박해받고 목숨을 달리하라는 요구 같으나 그 안에는 더 심오한 뜻이 담겨 있다. 이기심에 따라 욕망 챙기기에만 급급한 자의식을 버리라는 가르침이다. 아집에 갇혀 자의식을 붙들고 연장하려는 사람은 결국 자신이 진정으로 원하는 바를 얻지 못한다. 반면에 예수로 상징되는 신성을 위해 개인의 이기심을 잃어버린 사람은 진리를 찾게 된다.

이렇게 자의식에서 해방되어 거듭나는 체험을 기독교에서는 성령 임재 사건이라고 부른다. 성령이 나의 주인이 되면서 자의식에서 벗어난다. 이 세상 속에서 날뛰던 욕망을 십자가에 못 박는 것이다. 사도 바울은 자기 자신이 십자가에 못 박혀 죽고 그리스도가 내 안에서 살아가신다고 표현했다.

기독교의 외경 『도마복음』에는 바로 앞에 있는 걸 깨달을 때 우리 안에 묻혀있는 것이 올라온다는 예수의 설교가 실려 있다. 우리 안에 묻혀있는 것이 바로 우리 안의 신성이자 진짜 나이다. 진짜 나는 그동안 나라고 믿어왔던 것에 숨겨져 있지 않다. 언제나 바로 앞에 나와 함께 있다. 이러한 진실이 드러나야 우리는 참된 삶을 살 수 있다.

내면의 근본적인 혁명

기독교에서 가르치는 성령에 의한 재탄생은 다른

종교에서도 언급한다. 기독교에서 성령님이 임재하셔서 거듭났다는 표현을 대승불교에서는 불성을 깨닫는다고 표현한다. 우리 모두 깨달을 가능성을 대승불교에서 불성이라고 부른다. 불자들은 불성을 깨달아 성불하라고 서로에게 인사하는데, 이것이 기독교에서 말하는 성령에 의한 재탄생이다.

이런 통찰은 도가와도 상응한다. 도가에서는 마음 굶김 수련을 한다. 욕망을 굶겨서 자의식을 재처럼 만든다. 그렇게 자의식의 장례식을 치르면 지인(至人)이나 진인(眞人)이 된다. 지인이나 진인은 무위자연하는 사람을 이르는 용어이다. 지인이나 진인이 되면 인간 존재의 궁극적 변화가 일어나 우주와 하나가 된다.

유교에서도 극기복례를 얘기했다. 극기복례란 기존의 자의식을 극복해서 성인군자가 되라는 가르침이다. 살신성인도 중시했다. 자신의 이기심을 죽여서 사랑을 이루라는 당부이다. 아집을 파괴해야만 진정으로 사랑을 이룰 수 있다고 해석할 수도 있다.

요가 수행자도 세속에서 벗어나 일종의 죽음을 겪으며 해탈로 나아간다. 요가 수행자는 초월적인 존재양

식 속으로 들어갈 수 있는 몸을 얻고자 훈련한다. 요가
란 일종의 죽음 체험이다. 자의식의 죽음을 체험한 요
가 수행자는 살아서 죽은 자가 된다. 그는 세속에 찌든
목숨을 한 번 잃은 덕에 참된 인생을 살 수 있는 지혜를
얻고, 죽어서도 죽지 않게 된다.

　　인류사에 좋은 영향을 끼친 종교는 인간의 자아도
취를 깨뜨리는 역할을 담당했다. 인류가 짐승처럼 살지
않을 수 있었던 배경에도 종교가 이기심으로 똘똘 뭉친
자의식을 넘어설 수 있도록 이끌어준 덕분이다. 불교에
서는 무아를 설법하면서 지금 우리가 당연하게 여기는
자의식이 실체가 아니란 걸 깨우쳐준다. 공자는 사무사
(思毋邪)를 가르쳤다. 일그러진 욕심을 생각하지 않도록
선도했다. 도가에서는 무위를 알려줬다. 뭔가를 하려는
자의식의 욕망과 이기심을 굶겨서 사라지도록 안내했
다. 기독교에서는 거듭난 사람이 되라고 요구했다. 그
밖에도 무수한 종교들이 엇비슷한 가르침을 갖고 있다.
자의식이 죽고 새로 태어나는 변화는 세계의 모든 고등
종교가 추구하는 궁극의 가르침이다. 자의식을 극복해
야 새로운 삶이 펼쳐진다.

인생의 밤은 내면의 근본적인 혁명이 일어나는 시기이다. 근본의 혁명이란 이기심을 해체하는 일이다. 우리는 자신의 뿌리가 바뀌는 혁명의 여정에 있다. 아직 혁명전야라 어둠이 짙고 깊지만, 곧 혁명이 일어날 것이다. 아집이 전복될 것이다. 자의식의 독재가 끝날 것이다. 광명이 찾아올 것이다.

임사체험

우리의 인생을 간략히 요약하면 아래와 같다. 생명으로서 태어난 뒤에 자의식이 만들어진다. 이렇게 만들어진 자의식이 어느새 폭주한다. 자의식의 폭주와 함께 인생의 밤이 들이닥친다. 우리는 고통에 처하고, 자의식은 위기를 맞는다. 끈질긴 저항에도 불구하고 자의식은 인생의 밤을 겪으며 부서진다. 자의식의 죽음과 함께 새로운 삶을 맞이한다.

인생의 밤을 거치면서 다시 태어난 체험은 임사체험과 유사하다. 임사체험이란 의학의 관점에서 죽음으로 판정되었는데도 다시 살아난 사람의 체험을 가리킨다. 인생의 밤을 거치면서 상징적으로 죽었다 살아난다면 임사체험자들은 물리적으로 죽었다 살아난다. 임사체험을 한 사람은 사망선고를 받았다. 심장박동이 멎었고 호흡이 멈췄으며 동공반사가 없었다. 그런데 사망판정을 받고 얼마 지나지 않아 기적처럼 살아나는 사람이 꽤 있다. 죽었다고 판명되었다가 살아나는 것도 놀라운데, 이보다 더 놀라운 건 그들의 변화이다. 죽었다가 살아난 사람은 정말 새로 태어난 사람처럼 이전과는 전혀 다른 삶을 산다.

그들의 공통점을 추리면 이러하다. 추구하는 가치가 돈과 명예와 권력에서 사랑과 의미와 인간관계로 크게 바뀐다. 바쁘게 살지 않고 가까운 사람들과 오붓한 시간을 보내려고 노력한다. 출세에 대한 강박이나 자신이 남들보다 특별하다는 허영이 사라진다. 사람들에게 더 다정해지며, 사생활과 사회생활 사이의 괴리가 없을 만큼 진솔해진다. 헛된 욕심에 사로잡히지 않은 채 하루하루를 소중히 음미한다.

이러한 변화는 인생의 밤을 겪고 난 사람의 상태와 매우 유사하다. 그리고 이러한 변화는 여느 종교들이 가르치는 인간의 변화와도 긴밀하게 이어진다. 그렇다면 이렇게 정의할 수도 있겠다. 죽음과 부활이란 인류의 유구한 비밀이자 우리 모두 살면서 겪어야 하는 정신의 변화라고.

인생의 밤은 우리 자신이 누구인지 깨닫고자 죽음과 같은 고통을 겪는 시기이다. 너무나 익숙해져서 어느덧 자의식이 나라고 믿던 착각이 깨져야만 인생의 밤이 끝난다. 우리는 고통을 받다가 죽은 다음에 부활할 운명이다. 이건 아주 오랜 옛날부터 지혜로운 사람이라면 누구나 체험한 깨달음의 여정이고, 우리도 용기를 내어 가야 할 길이다.

해산의 고통

인생의 밤에 겪는 고통은 해산의 고통에 견줄 수 있다. 내 안에서 새로운 내가 나온다. 변화에 저항할수록 인생은 괴로워진다. 기꺼이 마음을 열어서 출산에 임해야 한다. 그때 우리는 누에가 나비가 되듯 변신한다.

여러 문화권의 전통에서도 의식의 각성은 분만의

상징으로 표현했다. 예컨대 소크라테스는 정신의 산파였다. 정신의 분만을 소명으로 여기고는 사람들 내면에서 새로운 의식이 태어나도록 도왔다. 불교에서도 승려는 세속의 이름을 버리고 새롭게 이름을 받고 새로 태어난다. 마이스터 에크하르트는 12월 25일이면 이렇게 기도드렸다. 신이 인간으로 태어나듯 우리도 새롭게 태어나도록 도와달라고. 우리 나약한 인간들이 신 안에서 신성한 방식으로 탄생할 수 있도록 도와달라고.

임산부가 해산할 때의 고통은 죽음 같은 고통이다. 그런데 그저 처참한 고통만 겪지 않는다. 아기를 품에 안는 순간 가장 아름답고 행복한 체험이었다는 얘기를 덧붙인다. 인생의 밤에 들이닥치는 고통도 비슷하다. 죽을 것처럼 너무나 괴로운 고통 속에서 황홀한 분만이 이뤄진다. 새로운 내가 지독한 고통 속에서 지극한 환희를 맛보며 깨어난다.

인생의 밤에 겪는 죽음은 다시 태어나기 위한 고통이다. 새로운 탄생은 그저 과거에 어머니의 자궁에서 나오는 것 같은 일의 반복이 아니다. 고통받던 세속으로 되돌아가는 것이 아니라 기존의 생활방식으로는 다

다를 수 없는 세계에 눈뜬다. 새로운 정신상태로 인생을 맞이한다. 이전에 악덕으로 범벅되어 있던 저열한 삶을 끊어내고 아름답게 산다. 지혜로운 사람이 되려면 두 번 태어나야 하는 셈이다.

해산을 앞둔 여자들이 오직 출산에 집중하면서 엄청난 고통을 견디어내듯 우리는 오로지 인생의 밤에 집중해야 한다. 고통을 피하려고 발버둥을 치는 것이 아니라 고통으로 자의식을 내리칠 때 내면에서 근본적인 변화가 일어난다. 산모가 새로운 생명을 끌어안고 행복한 미소를 짓게 되듯 우리는 새롭게 태어난 자기 자신을 부둥켜안고 평화로운 웃음을 짓게 된다.

모든 존재가 행복을 염원한다. 행복해지고 싶다는 그 간절함이야말로 고통에서 벗어나는 열쇠이다. 행복은 의식 수준의 상승에서 비롯된다. 의식 수준이 높아지려면 삶의 목적과 소명이 있어야 한다. 의식 수준이 올라가도록 삶의 목적과 소명을 수태하는 시기가 인생의 밤이다. 삶의 목적과 소명을 통해 우리의 의식은 한 차원 향상된다.

진정한 인생은 삶의 의미를 품고 자신을 창조하면

서 시작한다. 눈물이 수정처럼 눈가에 어린 순간에 지혜가 맺힌다. 인생의 밤이 나를 뜨겁게 어루만지는 동안 우리는 지혜라는 새로운 생명을 잉태한다. 지혜를 출산하고자 우리는 인생의 밤을 견딘 것이다.

죽음 충동

임산부는 혼자서 출산하기 어렵다. 경험이 많은 산파나 의료진의 도움을 받아야 원만하게 해산할 수 있다. 홀로 아이를 낳는 산모는 사랑하는 사람들로부터 버림받았다고 느끼면서 비참한 고통을 겪고, 출산하더라도 유기할 가능성이 크다.

인생의 밤도 비슷하다. 인생의 밤을 겪으면서 우리는 버림받았다고 느끼기 쉽다. 이렇게 막막한 고통을 겪는데 도와주는 사람이 하나도 없다면 너무나 외롭고 괴롭다. 세상으로부터 버림받았다는 고통이 인생의 밤에 더해진다.

그런데 버림받음이란 예전에는 버림받지 않았음을 함의한다. 버림받기 전에는 관계를 맺고 있었다는 것이다. 그럼 왜 이제야 버림받았다고 느낄까? 누구한테서 버림을 받았는가?

버림받았다는 느낌은 매우 괴롭지만 새로운 통찰로 이어진다. 우리는 우주와 연결되어 있다. 우주를 관장하는 놀라운 힘이 우리 안에도 있다. 이것이 신성이다. 그런데 우리는 내면에서 샘솟는 신성과 어디에나 작용하는 우주의 섭리를 외면한 채 살았다. 그러다 인생의 밤을 겪고는 자의식의 죽음을 통해 깨닫는다. 자신이 버림받은 게 아니라 자의식을 버릴 수 있도록 이 모든 일이 예정되어 있었다는 진실을 말이다.

어차피 모든 인간은 세상으로부터 버림받을 운명이다. 누구나 쓰이다가 버려진다. 그렇다면 나중에 가서 버림받고 자신의 인생이 왜 이 모양 이 꼴이냐고 후회하기보다는 미리 기존의 삶을 버리고 새롭게 태어나는 것이 지혜롭다.

인생의 밤을 거치면서 혹독한 고통이 우박처럼 쏟아진다. 인간관계가 끊긴다. 내 곁에 있으리라 믿었던 사람들이 떠나간다. 중요한 걸 상실한다. 인생을 걸고 준비한 시험에서 낙방한다. 금전의 손해가 생긴다. 아끼던 물건이 망가진다. 건강이 나빠진다. 기회를 놓친다. 사기를 당한다. 미래에 대한 기대를 잃어버린다.

이해득실에 민감한 자의식은 인생의 밤에 겪은 손해에 분노하면서 우울해한다. 그러나 우리가 겪은 피해는 자의식의 관점에서만 상실일 뿐이다. 우주의 관점에서 보면 모든 것이 우주의 것이다. 우주의 산물이 잠시 내게 머물렀다가 우주로 되돌아간 것이니 손실이라고 볼 수 없다.

자신이 그동안 당연하게 아끼고 악착같이 지킨 것들이 정말로 자신의 소유인지 되묻는 시기가 인생의 밤이다. 지위, 돈, 기득권, 체면, 명예, 권위 등등이 나의 것이라고 믿었다가 어느덧 나의 전부가 되어버린다. 우리는 자기 자신을 모른 채 사회에서 주어진 것들을 자신인 양 살아간다. 우리가 우리 자신을 모르는 이유이다. 자신이 동일시해온 것들에서 자유로워진 사람만이 진짜 자신을 찾을 수 있다. 가면을 찢어야만 진짜 자신의 얼굴을 알 수 있다.

가면을 쓰고 있으면 정신분석학에서 설파하는 죽음 충동에 끝없이 시달린다. 죽음 충동이란 가면을 찢으려는 힘이다. 자신에게 들씌워진 것들에 얽매인 채 집착하는 자의식을 파괴하는 힘이다. 죽음 충동을 통해 우리는 아집을 돌파해 실재에 이른다.

우리 삶의 목표는 물질과 쾌락이 아니다. 화이트헤드의 말마따나 우리에게는 상향을 추구하려는 이성이 있다. 물질과 쾌락이란 우리 삶에 필요한 도구일 뿐이다. 도구에 사로잡히면 우리는 정체되고 퇴락한다. 물질과 쾌락에 젖어 든 사람은 채워지지 않는 공허에 시달릴 수밖에 없다. 우리를 지혜로운 존재로 상향시키고자 그토록 많은 고통이 들이닥친다.

참된 위로란 자기 자신을 상향시켜서 우주와 하나가 될 때 이뤄진다. 스피노자가 일러주듯 우주의 관점에서 인생을 지그시 바라보는 지혜야말로 참된 행복이다. 아집에서 해방되어 신성과 하나가 될 때 고통에서 구원받는다.

우주를 향한 한 편의 제사

고통에서 구원받기까지 외로움과 괴로움이 지긋지

긋하게 잇따른다. 자의식이 으스러지는 고통은 징글징글하게 힘겹다. 그렇다면 인생의 밤이 나의 자의식을 박살 낼 때까지 기다리기보다는 우리가 먼저 이기심을 꺾을 수 없을까? 오만한 자의식을 내려놓고 우주의 섭리에 자신을 내맡기는 건 어떨까?

어쩌면 인생이란 우주를 향한 한 편의 제사일지도 모른다. 우리가 할 일은 자의식을 성스러운 제물로 바치는 것이다. 자의식의 완전한 항복이야말로 가장 고귀한 일이다. 제사를 지내면서 그동안 이기심에 멀어있던 눈을 뽑아낸 사람만이 새롭게 눈뜬다. 우주의 섭리에 복종하면서 세상의 진실을 깨닫는다.

자의식을 바치지 않으면 나를 노리고 우주가 달려든다. 변하라는 우주의 요청에 귀 기울이지 않는 우리에게 낮이고 밤이고 별별 사건이 잇따른다. 온갖 고통을 당하면서도 수많은 이들이 이기적인 자의식을 고집한다. 이렇게 지옥이 만들어진다. 지옥이란 우주의 신성한 힘과 끊어져 있는 상태를 가리킨다. 마치 자신이 원래 존재한 것처럼 거만과 허영에 갇힌 삶이 지옥이다. 그래서 인생의 밤이 찾아온다. 우리가 새로 태어나려고 하지 않기에, 승리에 안주했기에, 이기성에 붙박여 있기에, 욕망의 노예가 되었기에, 과거의 모습을 집착하기에.

과거를 고수하려는 어리석은 게으름이 인생의 올가미이다. 이 올가미를 풀어내고자 고통이 생겨난다. 인생의 밤이란 올가미를 푸는 시기이다. 지옥에서 만들어진 인생의 밤은 우리를 지옥에서 벗어나도록 돕는다.

우주는 균형과 조화를 이룬다. 하나가 파괴되면 새로운 게 등장한다. 아기가 태어나고 노인은 죽는다. 기존의 낡은 관습이 사라지고 새로운 질서가 창조된다. 삶과 죽음은 우주 전체에서 연결되어 나타나고, 내 삶에서도 그러하다. 우리 안의 욕망, 환상, 의존성, 집착 따위를 죽이면 내면에서 홀가분한 자유가 탄생한다. 아집이 없어져야 새로운 정신이 나타난다.

파괴와 관련해서 힌두교는 탁월한 상징을 내포한다. 힌두교에는 창조의 신 브라마 그리고 보존의 신 비슈누와 함께 파괴의 신 시바가 있다. 인도 사람들은 브라마나 비슈누보다 시바를 더 좋아한다. 시바는 무작정 파괴하지 않는다. 창조를 위해 파괴한다. 타락한 세상

뿐 아니라 허영과 오만에 차 있는 자의식을 살해한다. 이기적인 자의식을 죽이면서 시바는 새로운 사람으로 다시 태어나도록 이끈다.

우리에게 시바의 힘이 있다. 자의식을 희생해서 공물로 드리는 건 신성한 행위이다. 자의식이란 욕망이고 의지이고 이기성이자 본능이다. 이러한 자의식을 꺾어서 바치는 일이야말로 우리에게 가장 큰 도전이다. 욕심을 비우고, 자신의 잘못을 반성하고, 자기 자신을 극복할 때 인간은 새로운 차원으로 나아간다. 자의식을 죽이는 자는 죽지 않는다. 반면에 자의식을 살리는 자는 살지 못한다.

아집의 깨어짐이 내면의 신성을 깨운다. 마음이 깨지면서 마음이 깨끗해진다. 그때 비로소 우리는 온전해진다. 온전한 사람이란 고통이 없다거나 상처가 없는 사람이 아니다. 고통 속에서 깨어난 사람이라는 의미이다.

내 안의 놀라운 힘을 깨닫는 일

고통 속에서 깨어난 사람은 그저 이성으로만 세상

을 파악하지 않는다. 영성을 통해 살아간다. 영성이란 자기 삶과 우주에 서려 있는 신성에 대한 이해이다.

우주에는 놀라운 힘이 작동하고 있다. 우주를 만들어내고, 우주가 돌아가도록 만드는 힘 말이다. 광활한 우주가 탄생하고 그 안에 태양계가 만들어지고, 태양과 아주 적절한 거리에 지구가 위치하고, 지구에 대기권이 형성되고 물이 생기며, 생명이 탄생하고, 진화를 거쳐 인간이 되는 과정은 그저 무의미한 우연이 겹쳐서 생겨난 우연한 결과일 뿐이라고 주류과학계는 간주한다. 그런데 우연이 아닐 수 있다. 우주의 힘이 만들어낸 필연의 결과일 수도 있다.

지금도 태양은 하염없이 에너지를 지구에 보낸다. 지구는 변함없이 자전하면서도 태양을 공전한다. 달은 지구를 어김없이 돌면서 바닷물을 끌어당기고 민다. 지구는 대기와 물을 순환시키면서 생명이 살아가도록 조절한다. 수많은 미생물과 균사체가 오염을 정화한다. 자연의 법칙에 따라 기존의 낡은 것들이 사라지는 동시에 새로운 생명이 줄기차게 태어난다. 이 모든 변화가 아무 이유 없이 그냥 벌어질 수 있다. 하지만 인간의 시야로는 가늠하기 어려운 힘이 드넓은 우주에 펼쳐지고, 이 순간에도 우리 마음과 우주에서 작용하고 있을 수 있다.

현대인이 간과하는 우주의 힘을 인류의 조상들은 오롯이 느꼈다. 그리고 이를 가리켜 신이라거나 도라고 불렀다. 한마디로 신성이다. 신성은 어디에나 있다. 우리 안에도 엄연히 있다. 호흡이나 면역이나 소화나 체온이나 혈액순환이나 수면을 자의식이 조절하지 않는다. 알아서 이뤄진다. 내 몸을 구성하는 60조 개나 되는 세포를 자의식이 관장하지 못한다. 어련히 작용한다. 나를 이루는 헤아릴 수 없는 입자들이 오늘도 가볍게 진동하면서 생명을 유지한다. 대장에는 천여 종의 미생물이 서식하고 종마다 엄청난 유전자를 지닌 채 신체 건강에 이바지하고 있는데, 자의식은 미생물의 존재를 전혀 알지도 못한다. 놀라운 힘이 우주를 만들고 돌아가게 하듯 우주의 일부인 내 안에서도 발동한다. 영성이란 바로 이 놀라운 힘을 깨닫는 일이다.

우리는 평소에 좀처럼 신성을 알아채지 못한다. 인생이 잘 풀리면 자의식은 이 모든 게 자기가 잘나서 그렇다고 오판한다. 자의식은 어리석고 오만하다. 자의식에 사로잡혀 신성과 멀어진 우리에게 고통이 들이닥친다. 고통은 신을 찾아 들어가는 관문이라고 아우구스티누스는 얘기했다. 고통의 관문을 거쳐야만 우리는 자의식에서 빠져나온다. 신성을 깨닫는다.

세상의 모든 고통은 신성과 분리되면서 일어난다. 우리는 덧없는 것들에 대한 집착 때문에 고통받는다. 고통은 이기적인 욕망이 부질없다는 진실을 알려준다. 집착에서 해방되도록 고통이 이끈다.

세상의 모든 기쁨은 신성과 하나가 되면서 일어난다. 마이스터 에크하르트는 신만이 본질의 진리이자 유일한 위로라고 선언했다. 우리에게 진정으로 필요한 치유는 우주의 섭리를 받아들이고 내 안의 신성에 눈뜨는 일이다. 그때 자신을 에워싸던 허영과 오만이 사그라지고, 동시에 우울과 분노가 수그러진다.

물론 신성은 우리와 동떨어져 있었던 적은 단 한 번도 없다. 신성이란 없다는 어리석은 착각만이 있었을 뿐이다. 이 착각이 고통이었고, 인생의 밤을 불러들였다. 실제로 우리는 우주와 분리되지 않는다. 언제나 신성과 함께한다. 바로 이러한 진실을 이해하고 받아들이면서 우리는 인생의 밤을 통과한다.

신성은 너무나 장엄하고 숭고해서 인간의 언어로는 종잡기가 어렵다. 인류사 내내 현자들은 각자 자신의 언어로 신이라든가 도라고 설명하려 했다. 그렇지만 노자의 말마따나 도라고 할 수 있는 도는 도가 아니다. 신성은 언어도단의 영역이다. 우리는 그저 우주의 섭리를 가리켜 진리라고, 지혜라고, 사랑이라고 묘사할 수 있을 뿐이다. 신성이 우리 안에 있고 우주에도 있다고 체험할 수 있을 따름이다.

고통 속에서 오만방자한 자의식이 죽은 뒤 부활한 사람은 신성과 하나가 된다. 내가 죽듯이 우주도 언젠가 사라지겠지만 이러한 우주를 만들어낸 힘은 죽지 않는다. 신성과 하나가 된 사람은 죽어서도 죽지 않게 된다. 죽기 전에 자의식이 죽었기 때문이다.

지구 밖으로 나간 우주비행사

자의식이 죽은 사람은 영성이 높아진다. 영성이란

195

이기심에서 해방된 정신상태를 가리킨다. 영성의 반대 말은 물질이 아니라 이기심이다. 이기심이 약해질수록 영성이 향상된다.

영성과 관련해서 짚어볼 사람들이 있다. 우주비행 사들이다. 지구 밖으로 나간 우주비행사 중에는 지구로 돌아온 뒤 정반대의 삶을 사는 경우가 많았다. 아마도 지구 밖으로 나가는 일이 자의식 밖으로 나가는 일과 연관이 있기에 이러한 현상이 나타났을 것이다. 우주비 행사들은 지구 밖에서 지구를 돌아보면서 엄청난 깨달 음을 얻었고, 영성이 높아졌다. 마찬가지로 우리 역시 이기심이라는 중력을 극복한 뒤 자의식 밖에서 자신을 돌아볼 때 의식 수준이 올라간다.

의식 수준의 향상을 위해 지구 밖으로 나가야만 하 는 건 아니다. 이 지상에 발을 붙이고도 얼마든지 의식 수준을 올릴 수 있다. 이기심에서 벗어난다면 말이다. 그 동안 자의식에 짓눌려서 접혀있었던 영성의 날개를 펼 칠 때 의식 수준이 올라가면서 행복해지고 건강해진다.

다시 태어나는 사람이라고 자의식이 아예 없는 건 아니다. 다만 이기심에 지배당하지 않는다. 기존의 자의식이 무너진 뒤에 새로 생겨난 자의식은 이기심이 별로 없다. 이기심으로 세상을 대하던 기존의 자의식과 사뭇 다르다. 새롭게 태어난 사람은 이기심이 뿌리뽑힌 채 세상을 향해 열려 있다. 사람이 송두리째 탈바꿈한 모습이다. 겉모습은 크게 달라지지 않았으나 정신상태가 전혀 딴판이다. 낡은 습성을 버리고, 흐지부지 흘러가던 일상에서 벗어나 진실하게 산다. 실제로는 죽지 않았지만 죽었다가 다시 살아났다고 표현할 만큼 아주 강렬한 변화가 일어난 셈이다.

고통 속에서 자의식의 뿌리가 뽑힌다. 자의식의 뿌리를 잘라내는 건 거의 죽음과 다를 게 없는 체험이다. 자신이 뿌리내렸던 터에서 몸소 자신의 뿌리를 뽑아내는 일은 너무나 고통스럽다. 하지만 고통스럽다고 변하지 않으면 삶의 고통은 멈추지 않는다. 자신의 뿌리를 지혜와 사랑과 진리라는 새로운 땅에 옮겨 심으면서 인생의 밤도 막을 내린다.

이러한 전환을 현자들은 다 체험했다. 그들이 남긴 기록에는 다른 이들도 존재의 전환이 이뤄지길 바라는 마음이 담겨 있다. 그 대표적인 인물이 플라톤이다. 플라톤도 어떻게 하면 사람들이 잘 전환할 수 있을지 생각했다. 보아야 할 곳을 보지도 않는 자에게 바르게 볼 수 있도록 하려면 어떻게 해야 할지, 어떤 방식으로 해야 가장 쉽게 그리고 가장 효과적으로 전환을 할 수 있을지 플라톤은 오랫동안 고민했다. 그 유명한 동굴 우화도 그런 마음으로 써 내려간 이야기이다. 그렇지만 뾰족한 수를 찾아내지 못했다. 쉽고 빠르게 존재의 전환을 이뤄내는 방법은 없다. 고통이 없는 변화란 있을 수 없다. 우리는 저마다 삶이 마련한 고통을 겪으면서 정화되어 변혁하는 길을 걷게 된다.

고통 속에서 영성이 발달하고, 영성이 삶을 치유한다. 영성의 향상 덕분에 고통을 다루는 힘도 강해지고, 고통도 누그러진다. 불행했던 예전의 자의식은 과거의 기억으로 사라진다. 성실하고, 친절하고, 관대하고, 나긋나긋하고, 자비를 베푸는 새사람이 탄생한다.

인생의 밤을 빠져나오는 길이 보인다. 이기심 밖으로 나가는 것이다. 물론 이기심의 중력은 엄청나기에 아주 힘든 일이다. 기존의 자의식에서 단번에 자유로워지기 어렵다면 천천히 이기성을 덜어내고 솎아내고 줄이고 누그러뜨리는 것도 좋은 방법이다. 이기심을 꾸준히 다스리다 보면, 우리 삶을 짓누르던 어둠은 차츰차츰 걷힌다. 서서히 마음속으로 환한 햇살이 쏟아진다.

새롭게 태어난 사람

새롭게 태어나는 체험은 인류 모두에게 잠재되어 있다. 인생의 밤이란 정신의 산통으로 우리 모두 겪는다. 아기가 자궁에서 벗어나 세상으로 나오기가 몹시 고통스럽듯이 익숙한 자의식에서 벗어나 새로 태어나는 일도 매우 고통스럽다. 하지만 할 수밖에 없다. 그것이 우리의 운명이기에 그렇다. 우리는 고통을 운명처럼 겪고 다시 태어날 운명이다.

현실을 둘러보면, 다시 태어난 사람이 아직 적기는 하다. 그렇지만 인류사 전체를 놓고 보면 거듭나는 사람은 점점 많아지고, 앞으로 급격히 늘어날 것이다. 이미 변화를 감지할 수 있다. 이전과 다르게 살아가는 사람들이 증가한다. 그들의 태도에는 공통점이 있다. 조화로운 마음 상태를 추구하고, 친환경 생활방식으로 살며, 평등하고 자유로운 태도를 지니고, 지혜롭고 친절하다. 기회가 된다면 그들에게 물어도 좋다. 그들은 자신이 왜 변화했는지 깨달은 바를 기꺼이 나눠준다.

거듭난 사람은 타인을 도우려는 책임의식과 의무감을 지닌다. 자신이 그러했듯 타인 역시 이기심으로 말미암아 고통받는다는 사실을 절절하게 깨달은 덕분이다. 자신이 그러했듯 타인 역시 고통 속에서 깨어날 존재라는 걸 알기에 그렇다.

우리 모두 새롭게 태어나는 길을 가야 한다. 새롭게 태어나는 길이란 좁고 험난한 길이다. 이기심과 욕심을 내려놓는 길이다. 기존의 정체성을 포기하는 길이다. 기독교 경전 마태복음 19장 27절에는 모든 것을 버리고 예수를 따랐다고 적혀 있다. 여기서 모든 것을 버린다는 건 그저 명예나 재산이나 지위 같은 것만을 가리키는 게 아니다. 자신이 누구라는 정체성, 내면의 허영, 자신이 남들과 다르다는 교만, 한마디로 기존의 자의식을 버리고 신성을 따르겠다는 의도이다.

우리 앞에 갈림길이 있다. 예전처럼 계속 행복을 간절히 그리워만 하면서 고통에 허우적거릴지, 아니면 죽음과 같은 고통이 따르겠지만 삶이 통째로 달라지는 혁명에 도전할지 말이다. 인생의 밤에 그대로 머무를지 아니면 새벽을 맞이할지 결정해야 할 시기가 다가온다.

이미 태양은 중천에 떠 있다. 다만 태양을 마주하지 못하도록 이기심이 우리의 두 눈을 가리고 있을 따름이다. 고통이 깊어지면 깊어질수록 자의식은 버티지 못한다. 진실을 마주할 수밖에 없다. 인생의 밤이 끝나면서 이전에는 열지 못한 의식의 창이 열린다. 그 창으로 햇살이 쏟아지다가 창마저 사라진다. 온통 빛으로 가득해진다.

4

고통의 축제

○

새롭게 태어났다고 끝이 아니다. 오히려 새롭게 태어났다는 허영과 교만이 우리를 움켜쥘지도 모른다. 자의식은 무지무지하게 겁질기다. 자의식의 뿌리를 뽑은 것 같다가도 금세 자의식이 우거진다. 자의식은 강고하고 끈적하다. 우리가 평생 함께하는 적이자 짝이 바로 자의식이다.

자의식의 무시무시함을 깨우쳐주는 이야기가 있다. 사막의 사제들이 남긴 지혜이다. 사막의 사제들은 기독교가 로마제국에 공인되었을 때 사막으로 들어갔다. 로마제국의 공인을 받아 기독교에 부와 권력과 명예가 주어졌는데, 바로 그것이 덫이라는 걸 깨달은 사람들이다. 그들은 모든 것을 버리고 사막으로 들어가 인생의 밤을 지난다. 그리고 지혜를 얻는다.

전해오는 수많은 일화 가운데 키 작은 요한 사제의 이야기는 여러모로 감명 깊다. 키 작은 요한 사제는 자신의 모든 격정을 거두어달라고 기도드렸고, 신이 기도에 응답을 해주셨다. 그는 평온해진 마음으로 안식을 누리면서 세상의 유혹을 받지 않게 되었다. 그러자 한

원로는 당신 안에 투쟁을 일으켜 달라 기도드리라는 귀띔을 했다. 투쟁을 통해서만 영적 진보가 이루어지기에 그렇다. 사막의 사제들은 유혹이 일어나면 유혹을 거두어 주시라고 기도하기보다는 유혹에 흔들리지 않는 힘을 달라고 기도드렸다.

안토니 사제는 자신의 제자 포에멘 사제에게 사람이라면 마지막 숨을 쉬는 순간까지 유혹이 있을 거라고 말했다. 유혹을 당해 보지 않은 사람은 하늘나라에 들어갈 수 없다는 안토니 사제의 통찰이 울림을 낳는다.

○

인생의 밤이 끝났다고 들떠서는 곤란하다. 인생의 밤이 지나갔더라도 시련과 시험이 사라진 건 아니다. 삶은 고통이고, 죽을 때까지 새로운 문제가 생겨난다. 자의식은 완전히 사라지지 않는다. 새로운 얼굴로 다시 등장한다.

그렇다고 겁먹을 필요가 없다. 인생의 밤을 통과한 사람은 확연히 다르다. 그들은 겸손하면서도 당당하다. 세상의 고통을 감수하면서 음미한다. 상처마저도 기꺼이 받아들인다.

상처란 우주가 내 안으로 들어올 수 있도록 내 마음
이 깨어지는 일이다. 인생의 밤을 지나고 나면 자의식
이 무겁지 않기에 상처도 가볍다. 우주가 주는 선물이
자 다시 변하라는 신호로 상처를 받아들인다.

새롭게 태어난 사람은 신명 나게 세상과 한바탕 논
다. 삶이란 사랑이고 창조이자 축제라는 걸 깨달았기에
그렇다. 고통이 줄기차게 오겠지만 그 모든 것이 인생
을 이루는 소중한 체험이다. 인생은 고통의 축제이다.

고통의 축제가 영원히 펼쳐진다. 우리는 그 한복판
으로 뛰어들어가 한바탕 춤추고 논다. 이것이 우리의
진정한 삶이다.